JN315242

左近の桜

長野まゆみ

角川文庫
16932

左近の桜　目次

第1章　花も嵐も春のうち　7

第2章　天神《てんじん》さまの云うとおり　23

第3章　六月一日晴　41

第4章　骨箱《こつばこ》　61

第5章　瓜喰《うりは》めば　79

第6章　雲母《きら》蟲《むし》　101

第7章　秋草の譜　121

第8章　空舟《うつおぶね》　139
第9章　一夜半《ひとよわ》　175
第10章　件《くだん》の男　197
第11章　うかれ猫　219
第12章　海市《かいし》　241
解説　瀧　晴巳　265

第1章　花も嵐も春のうち

春の宵に、彼は懐提灯《ふところちょうちん》をともして駅頭にたった。印半纏《しるしばんてん》もはおっている。家業の手つだいとはいえ十六歳の若者には気はずかしいことだ。まだ春休み中で、学校がえりの友人に見とがめられる可能性はひくい。それだけは幸いだった。

友人たちは、用がなくとも彼を名ざしする。桜蔵《さくら》というその名を口にするだけで衆人の注意をひくだろうことを承知のうえでだ。人だかりがあればあるほど、わざわざ大声で呼んだ。

左近《さこん》という名字がすでに、彼ののぞむ平凡な日常のさまたげとなっている。誕生まえに名前はきまっていた。女児であればたんに桜であったのを、男児だったので蔵をつけて無理やり男名前にしただけの話だ。蔵がついても、さくらと読むのは変わらない。

提灯には屋号と紋がはいる。紋は裏桜だ。だれにもわかりやすい桜の花を、わざわざ裏からかいたあまのじゃくな紋だった。葬儀社の人間と見なされれば幸いと、桜蔵は黒服を着て半纏をはおった。表向きは仕出し料理屋として登録しているが、本業は宿屋だ。いわゆる贔屓《ひいき》すじだけを相手にする商いで、看板も軒行灯《のきあんどん》もなく、古色をおびた左近の表札のみである。近所つきあいもごくせまく、「なにで食べているのかさっぱりわからない古屋敷」と不思議がられている。

勝手を知った常連には案内人など不要だが、その連れとなれば話はべつで、初めての客の場合は宿の者が駅頭へ迎えにでることになっていた。世間をはばかる忍びごとや逢瀬《おうせ》のための宿である。ひとかどの男が世間体をそこねず遊楽にふける手だすけをする。彼らは知人の家を訪ねるかのごとくに「左近」の門をくぐり、そこへ情人《いろ》を呼びよせるという寸法だ。

「……きみは左近さんの案内人か？」

花冷えの季節にはめずらしく、なまぬるい風のふく晩だった。脱いだ上着をかた手にさげたシャツ姿の男が、桜蔵に声をかけてくる。粋な小紋《こもん》がらのネクタイをした会社員風の人物だった。

家業の性質上、人目にたつのはもってのほかである。「ご案内します。」桜蔵は小声で云い、提灯のあかりを消した。すばやくたたんで半纏のたもとへかくし、駅まえの通りを歩きだした。すぐ路地へおれ、知りあいの家の庭さきをかすめて近道をする。

駅ちかくとはいえ武蔵野《むさしの》のこのあたりでは日没をすぎればにぎわいも表通りにかぎられ、路地裏は街灯も人通りもさっぱりとだえてしまう。間口が半間もない小さな店があつまる酒場をすぎれば、まだ電車の音がきこえる界隈《かいわい》ながら民家ばかりの闇になる。

桜蔵は門口の格子戸をあけ、客人を通した。あとからはいって、身をかがめながら小走りに玄関へさきまわりする。軒灯がぽつんと点《つ》いたガラス戸をガラリ、とあけた。

「どうぞ、」番頭が念いりに磨きこんだあがり口へ室内ばきをならべ、上着をあずかる。客人が敷台に腰かけて靴を脱ぐあいだにガラス戸をしめ、もどって靴を下駄《げた》箱へしまった。手いれのよい革靴だった。

桜蔵は日ごろ見なれた番頭のしぐさを、できるかぎりまねて手順をこなした。「お部屋へご案内します。」女将《おかみ》である母からは、迎えた客人を曙《あけぼの》の間へ通すように云われている。

階段をのぼった二階の、つきあたりの間だ。「左近」では上等のかど部屋で二間つづきになっている。簞笥《たんす》や書だな、文机《ふづくえ》などのほか、この季節にはまだ、こたつもだしてあった。居ぬきの貸間のおもむきを持つ。庭に面して縁《えん》廊下があり、窓ごしに、さかりの桜が出迎える。

「ただいま、お茶をおもちします。」なにか云いたそうな客人をふりきり、桜蔵は階下《した》へもどって台所で薬鑵《やかん》を火にかけた。下準備はおこたりなく、おおかた沸いていたのでまもなく湯気がたちはじめた。茶づつには桜茶がはいっている。この季節ならではのもてなしだった。桜の花と果《み》を焙《ほう》じ茶にくわえたものだ。横着者が茶をいれるなら、緑茶だろうと焙じ茶だろうと九十度くらいの湯にかぎる。蒸らし時間をみじかくして薫りをのこせば、そこそこうまい茶がはいる。桜蔵はもっぱらこの方法でいれることにしていた。

家業が宿屋ともなれば留守番も楽ではない。めずらしく女将と番頭と板前の三人がそろってでかけている。共通の恩人の葬式だという。晩までにもどれないとのことで、学校が春休みの桜蔵は留守番を云いつかったのである。弟は、さっさと逃げて気配もないが、ついこのあいだまで小学生だった子どもに、なにを云ってもはじまらない。

母たちがでかけて間もない四時ごろ、桜蔵の一級うえの真也《まや》が訪れ、エアチェックをたのんでおいたテープと鯛《たい》やきを差しいれてくれた。予備校へいくとちゅうの彼女と桜蔵はすこしのあいだこたつにあたってすごし、むだ話をして軽くキスをかわした。春さきの風にふかれて歩いてきた彼女の唇はかわいていた。

曙の間の本来の客人は、さきほど案内した男ではなく、この宿の常連の浜尾《はまお》という社会心理学者だ。三十七、八歳になる。ラジオの教養番組などで気のきいたことをしゃべり、男ぶりもよい。婦人むけの高級雑誌では、どんな対談相手ともうまく話をあわせる器用な男として重宝がられた。

華道や茶道の家元夫人や伝統工芸の後継者たちと親交がある。安手の雑誌やお茶の間番組には顔をださないので、武蔵野のこぢんまりとした町では素顔を知られるほどではない。

純粋に容姿の点で目立つというくらいだった。

家庭をもつ浜尾にとって「左近」は都合のよいかくれ宿だ。定宿《じょうやど》と云わずに情宿と呼び、数ある情人のうち、とくに気にいった幾人《いくたり》かをかわるがわる連れてくる。情人と同伴のときもあるが、べつべつに訪れて曙の間で合流する場合のほうが多い。今夜は「左近」へ来るのは初めての情人なので、駅頭まで迎えにでてやってくれとの伝言だった。本来は番頭の役目だが葬式がはいった。かわりに桜蔵が提灯をもつことになったのだ。

彼は茶菓《さか》をしたくして、ふたたび曙の間へもどった。

「いらっしゃいませ。」

男は縁廊下の窓をあけて夜風にあたっていた。庭がぼんやりと白く、かすんでみえる。江戸彼岸《えどひがん》の古木が満開になっているからだ。うっすらと匂う。風にふかれて、淡《うす》いろの花びらが舞いこんでくる。隣家とはその桜でへだてられ、あからさまに家のなかを見通せるわけではない。それでも、夜には雨戸をたてる。桜蔵は客人に茶をすすめ、そのすきに戸袋から雨戸をだして縁廊下づたいに戸じまりをした。

「きみはここの息子さん？」

「……はい。女将が留守で失礼をしております。あと一時間ほどでもどりますのでしばらくご容赦ください。」

「かまわないよ。いい家だね。駅の近くでこんなに静かだとは思わなかった。」客人との世間話を想定していなかった桜蔵は親しげな語り口にとまどった。健全な目的の宿ではない。うしろめたさがあるのがふつうだ。

浜尾という男は、みずからもまっとうな身装《みなり》をするが、情事の相手にも堅気《かたぎ》な風貌《ふうぼう》をもとめるので、ふたりそろったところはたいていの場合に逢《あ》いびきというよりは出張の上司と部下の同宿といった体裁だった。

今夜の男も、通勤電車の中にいればごくあたりまえの会社員に見えるだろう。だが、さすがに浜尾の情人だけあって、上着を脱いだシャツ姿は見ばえがよい。上等のシャツは一日着たあとの午后《ごご》のこんな時間にも、まだ張りがある。

「高校生かな?」

「この春から二年です。」詮索《せんさく》はよしてくれ、との思いでややぶっきらぼうに答えた桜蔵の意図は通じたらしく、男は問うのをやめて、だされた焙じ茶を手にとった。

桜蔵は母にもうひとつ念を押されていた。浜尾は自分が到着したさいに、情人には湯あがりの状態でいてほしいとのぞむ男なのである。だから、ちゃんとさきにお風呂《ふろ》へはいってもらうのよ。たのんだわね。風呂は忘れずに、たててある。

「一服したら、お風呂をおあがりください。」

「そりゃ、ありがたいけど、おれなんかがさきにもらっていいのか？」あなたのほかにだれがさきんじるのかと云いたいのをこらえ、桜蔵はそなえつけの、たんすのひきだしをすこしだけあけた。

「ご遠慮なく。丹前はこちらにございます。浴衣《ゆかた》は衣紋《えもん》かけのしたの乱れ箱にご用意してありますのでおつかいください。洗面道具は脱衣所にあります。……風呂場は階段をおりて廊下を左に進んでください。つきあたりです。手洗いは廊下のとちゅうにあります。」

「一番風呂ってことかな、」

「……おきらいですか？」迷信を理由に一番風呂を厭《いと》うなど「左近」のような宿を訪れる客人にはめずらしい。道ならぬ道を歩む者にもまだ禁忌があるのか。桜蔵は、男の顔をあらためて見分する。験《げん》をかつぐようなふるめかしさとは無縁の風貌だ。すっきりと、ととのっている。

「そうだね。好みで云えば、だれかのはいったあとのほうがいい。お湯がすこし和らぐかんじのがね。まっさらな湯は肌ざわりがかたいんだ。」そう云われても、今夜は曙の間のほかは予約がなく、あとは浜尾が来るのを待つばかりだった。

実際、「左近」のような時代おくれの宿はもうはやらない。匿名性を重視するなら、今はかえって客室の多い一流ホテルのほうが無難であるし、設備もととのっている。

「左近」では真夜中に湯につかりたくてもとうに冷たく、口寂しくなっても我慢をするほかはない。資金面での、うしろ盾があってなんとか維持してきたものの、女将と番頭と板前のだれかひとりでも病臥《びょうが》する事態にでもなれば、廃業は時間の問題だ。

「きみがはいれよ。」

「……おれ……、いえ、ぼくは表の風呂場はつかいません。家族用がありますので、」や

やたじろいで、桜蔵は内輪のことまで口にした。客人は笑みになる。

「だったら、おれもあとでいいや。」桜蔵にとってはまずい流れだった。母には客人が

「一番風呂はいやだ」と云った場合の対処法は伝授されていない。迷ったのち、桜蔵は湯をあびることにした。それが手っとりばやい解決法のように思われたのだ。

「わかりました。おさきに、いただきます。」桜蔵は自分の部屋へもどって着がえをそろえ、ひさしぶりとなる「左近」の風呂場へむかった。

子どものころは、母の旦那《だんな》である柾《まさき》が遊びにくるたび、いっしょに風呂へはいった。柾は父でもあるのだが、世間によくあるとおり桜蔵は庶子なので、ふだんは別居している。兄弟の父親も柾ということになっている。兄弟とも認知はされて養育費を得ているが、柾の籍にははいっていない。

ふたりでゆったりつかれるほどの、ひのきの湯船がこの宿の自慢でもある。人目をはば

かる宿のせいか、湯殿の壁面には窓をもうけず天窓をあけてあった。引きちがい窓になっており、かぎ棒をつかってあけたてする。湯気をぬくためにあけておいたそこから、桜の花びらが舞いこんだ。

花柄《かへい》ごとおちてくる房もあった。

敷地内には幾種もの桜を植えてあり、緋寒《ひかん》桜にはじまって豆桜、江戸彼岸、染井吉野《そめいよしの》、紅枝垂《べにしだ》れ、普賢象《ふげんぞう》と順に咲き誇る。それらの花びらが風呂場の屋根にたまり、風のいたずらで天窓からふきこぼれるのだった。ふだんの春より開花がはやまった染井吉野は散りどきで、わずかな風がふくたびにはらはらと湯の面《も》へ浮かんだ。花びらは波紋にそってただよい、いつしか桜蔵のまわりにあつまってくる。

桜蔵は風呂場のあかりを消して湯につかっていた。天窓にさす花の白さでほのかにあかるく、不自由はなかった。だれかがじっと見つめているような気配があって頭上をあおいだが、そこには桜の花ぶさがあるばかりだ。しきりに花のふる晩で、舞台の天井裏にいる道具係が籠《かご》からふらす雪のように湯船はたちまち花びらでいっぱいになる。幼い日のよろこびがよみがえった。

ほうら、白い象だぞ。柾は長い花柄ごとおちた普賢象の白い八重のひと房を湯船に浮かべ、幼い桜蔵の乳《ち》のあたりへ漂わせた。わかるか、まんなかで緑いろにつきだしているのが白象の鼻だ。菩薩《ぼさつ》がのる象さ。だれものってないよ。桜蔵に見えるのは象だけだった。ようくごらん、いい男がちゃんと乗ってるから。

そういえば、と桜蔵はいぶかしんだ。柾はどうして子どもを持つ気になったのだろう。本妻とのあいだには「最初からの約束で」子どもはいない。その人とわかれて「左近」の女将《おかみ》と所帯をもつ気もさらさらないのだった。

湯の面を花いかだがただよっていた。波紋がひろがるにつれ遠のいてゆく。つかまえようとする桜蔵の小さな握りこぶしを、柾がかたちのよい手でそっと、つつみこんだ。かさねた手のひらを静かにもちあげる。魔法のように花びらがこぼれた。幼い桜蔵の手にあまるほどにたっぷりと。

……コノ盃《サカツキ》ヲ受ケテクレ。ドウゾナミナミ酌《ツ》ガシテオクレ。桜蔵の耳もとで、柾はすすり泣くように云う。井伏鱒二《いぶせますじ》による唐詩の名訳だと知ったのは、ずっとのちのことだ。花ニ嵐ノタトヘモアルゾ、サヨナラダケガ人生ダ。柾は桜蔵の小さなからだを抱きながら、そこにはいないだれかにむけて、ささやきかけていた。

とぎれなく、花びらが舞いこんだ。桜蔵がこれはちょっとふりすぎかと、かぎ棒をのばして天窓をとじたときはすでにおそく、湯の面は花だまりになっていた。雲母《きら》のごとし。

桜の花ならば客人も文句はないだろう。そう思って、桜蔵は花びらを手ですくってかきだす作業をとちゅうでやめた。

洗い場をかるく流して風呂をあがった彼は、ジャージを着てその足で曙《あけぼの》の間へむかった。男は縁廊下の籐《とう》椅子におさまって本を読んでいた。

「おさきにいただきました。あきましたので、どうぞおつかいください。ご案内します。」

「やっかいな男だと思っているんだろう？」本をとじて立ちあがった男は、さきを歩く桜蔵の背へ問う。

「……いいえ、」階段をおりかけたところで、桜蔵は首すじをスッとなでられた。

「花びらだ、」男は指さきにつまんだ花びらをかざし、つられてふりむいた桜蔵の洗い髪をつかまえた。間《かん》をおかずにひきよせる。文句を云うまえに唇をのせられ、桜蔵は油断した自分を呪った。男の唇はほどよくうるおっている。ごくあたりまえに桜蔵の気息にあわせてくる。からだをはなして、男は軽快な笑い声をたてた。

「……左近の桜か、あとをひくな。」もう一度さしのべられた男の手をはらいのけ、桜蔵は足ばやに階段をおりた。「どうぞ、こちらです。」風呂場のガラス戸をあけて案内したのちは、そそくさとその場をはなれた。

階段わきの、ついたてでへだてた廊下のさきは棟つづきの私室になっている。とっつきに表と兼用の台所があり、茶の間と母の寝どこをかねた八畳間がつづく。ならびに桜蔵がつかう六畳間、その奥に弟の三畳間がある。そのさきが内風呂《うちぶろ》と洗面トイレだ。番頭と板前は近所から通ってくる。

勝手口の呼び鈴が小さく鳴って、喪服の母がもどった。戦後の葬儀屋がひろめた清めの塩をまく習慣は「左近」にはない。そのかわり留守番の者が季節の枝で肩さきを祓《はら》うことにしてあった。桜蔵は手折った桜の枝を持って母と番頭、板前の順に祓った。「ただいま。留守番ご苦労さま。桜もち買ってきたわ。……浜尾さんはいらしてるの？」

「……まだ。」母は息子の洗い髪を見とがめた。

「もうお風呂にはいったの？　ずいぶんはやいのね、」

電話が鳴る。あら、どうも。……まあそれはそれは申し訳ございません。今すぐ家の者をお迎えにあがらせます。たいへん失礼をいたしました。と電話のさきの見えない相手に平謝りした。それから番頭の井川《いがわ》が提灯《ちょうちん》をさげて小走りに駅へむかった。

「ちょっと桜蔵、あんたお客を迎えにいってくれなかったの？」

「いったよ。ちゃんと風呂へも案内した。」

「だったらなんで道に迷ってさんざん歩きまわってくたびれましたって電話がはいるのよ？」

桜蔵は風呂場へかけつけた。男の姿はなく、湯の面には桜の花びらが散り浮くばかりである。桜蔵のほかにだれかがつかった気配もない。洗い桶《おけ》は彼が片づけたままになっている。あわてて曙の間へいってみたが、そこにも人影はなかった。桜蔵がはこんだ茶菓がのこっているばかりだ。焙《ほう》じ茶は、のみほしてある。そこへ女将が浜尾をともなってやってきた。

「お連れのかたには申し訳ないことをしたわ。今、井川を迎えにやったところよ。……十六にもなって留守番ひとつできないなんて、桜蔵にもあきれるわね。いったいだれをかわりに連れてきちゃったのやら。」

「だから、桜蔵は自分好みの男をひろってきたんだろうさ、」

「なるほど、そういうことよね、」

「で、男はどうした？」

「消えた、」桜蔵は憮然《ぶぜん》としてこたえた。

「おい、足のないヤツか、そりゃ、」浜尾は陽気に笑いとばした。唇の感触はのこっている。かつて味わったことのないものを、のみこまされた。桜蔵はそう口にしようとしてやめた。好みと云われれば、好みだったかもしれない。ともあれ、それは桜蔵がひろった最初の男だったのだ。

第2章　天神《てんじん》さまの云うとおり

霊園の堂々たる大樹の根もとに、だらしなく横たわる男がいた。泥酔したあげくに、野外で寝すごした態《てい》だ。桜蔵《さくら》は足音をしのばせてちかづき、たおれている男をのぞきこんだ。もともと仕立てのよくないスーツだったのだろうが、なれのはてては、さらにみすぼらしい。だが、それにしてはもったいないほどの、からだつきをしている。

昨夜《ゆうべ》は小雨がふっていた。男の泥まみれの顔は湿り気をおびた土のなかに、なかばほど埋もれ、人相はよくわからない。めがねがずりおちている。雨を吸って、墨のにおいをはなつ地面に、白銅貨が光った。からの財布のまわりに小銭がちらばっていた。札やカードのたぐいは、いっさいない。墓場は、はばかり者の巣窟《そうくつ》でもあるから、そのやからに、ぬき盗《と》られたのだろう。小銭をのこしたのは、ささやかな情というものだ。

こんなところで寝こむほうが悪い。靴はいていない。うかつものらしく、左右の靴下のがらがちがっている。ネクタイもしていなかった。暴力は受けていないようだ。酔っぱらって正体をなくし、家に帰ったつもりで、靴やネクタイをどこかへ脱ぎ散らしたのだろう。

桜蔵は男の、のどもとにさわって死体ではないのをたしかめ、その場をはなれた。春の宵に駅頭でひろった男とからだつきが似ていた。幻としか思えなかったものが、現にあらわれるとはおどろきだ。だが、かかわりあいになるつもりはない。さらに云えば、桜蔵には男をひろう趣味もない。浜尾《はまお》のような男にこそ、ひろわれるべきだ。そうすれば、ぶざまに泥土で寝こむこともなかっただろう。肉布団で丁重にあつかわれたはずだ。

日曜の早朝である。桜蔵は部活動とは関係なく、趣味で走っている。そのとちゅうだった。霊園は青葉の季節で、春さきには雲母《きら》のように頭上をおおっていた桜が、今は青々とした屋根になりかわっている。

夜半の雨をためこんだ葉が不意にしずくをおとし、桜蔵の首すじをひやりとさせた。日の出直後は白い雲におおわれていた空が、晴れはじめた。こもれびが光る。かえりがけに、桜蔵はもう一度泥酔男が寝ていた大樹のそばをとおった。男はおきあがって幹にもたれていた。そのまま走り去ろうとした桜蔵を呼びとめる。

「……すまないけど、今何時だか教えてもらえるかな?」男は腕時計をはめている。どうしたものか、それだけは盗まれなかったのだ。「しているじゃないですか、腕時計、」「近眼なんだ。数字が読めないんだよ。」めがねのフレームに指をからませた。レンズがない。酔いつぶれているあいだに、砕けたものらしい。桜蔵は、そもそもだらしのない酒のみがきらいだった。柾《まさき》や浜尾は、のんでも乱れはしない。

「午前五時三十八分。」桜蔵はぶっきらぼうにこたえて歩きだした。背後で男がたちあがる。その気配におぼえがあった桜蔵は、思わずふりかえった。彼よりも男の上背がまさる。それが憎らしかった。男は手ぶりで、四角い箱のかたちをつくった。

「……このくらいのふろしきづつみが、ちかくに転がってないかな。ぼんやりとしか見えなくて、さがせないんだ。」桜蔵はざっと見わたして、頭《かぶり》をふった。

「なにもないな。寝ているあいだに盗られたんじゃないの。このさきの門をぬけたところに交番があるよ。」

目上の者だろうと、たかが酔っぱらいだ。桜蔵はわざとぞんざいに云った。日曜である。学校は休みだ。べつにさきを急ぐわけではなかったが、面倒に巻きこまれたくもなかった。盗んだと疑われるのも迷惑だ。

「養父《ちち》の骨だったんだ。……こっそり埋葬しようと思ってここへ来たのに、墓が見つからなかった。」

「悪いけど、通りすがりの者にそんな話をされても困るな。交番へいってくれよ。」

桜蔵はランニングを再開した。遺骨をなくした男になど、これ以上かかわりたくない。しかも、自分の手で埋葬するつもりだったのだ。

「……きみ、」男はあとを追ってきた。桜蔵は迷路のような霊園のなかをよく知り尽くしている。右へ左へ、目まぐるしく曲がりながら、男を遠ざけた。園内の通路はいくつかある円形広場から放射状にのびている。桜蔵はでたらめに進んで、家の方角にある門へたどりついた。

だが、男もしぶとく追いついてきた。桜蔵は逃げることに倦《う》んで、管理事務所の自販機で水を買った。

「……足がはやいね、」

「あんたも。まさか、酔っぱらいに追いつかれるとは思わなかった。」

「酔いはとっくにさめてるよ。骨がなくなっていると気づいて、いっぺんに。……ゆうべ、養父《ちち》の家でのめない酒をすこし口にしたんだ。いたたまれなくて、つい。ここまで酔うつもりはなかった。……墓に骨をおさめたら、すぐ帰るつもりだったんだ。」男は財布をさがしている。桜蔵が最初に見かけたときは男のそばにおちていたが、今はそれもないようだ。

「……よかったら、つかえば？」桜蔵は小銭をさしだした。男は礼をのべて、自販機にちかづいたが硬貨の投入口を見つけられずにいる。「水でいいんだろう？」桜蔵は硬貨を取りかえして水を買った。世話のやける男だ。

水を口にした男はひと息つき、顔にこびりついた泥をシャツのそででぬぐった。だが、そのシャツも泥にまみれていたのでは話にならない。

「財布をなくしたなら、はやいところ家にもどってカード会社に電話をしたほうがいいぜ。」

「大丈夫だ。カードは持ってないから。……ただ、部屋の鍵《かぎ》が、」

世の中には、なんでも財布にしまいこむ人種がいる。カードや会員証はむろん、領収書やクリーニングの受けとり、バスの回数券、ありとあらゆる紙くず。ゼムクリップ、輪ゴム。……友人のなかにはいざというときに必要な天然ゴムをいれているやつもいる。と桜蔵はどうでもいいことまで思い浮かべた。

泥酔男も、財布に部屋の鍵をいれていたのだ。だが、しょせん桜蔵には関係のないことだ。話し相手になる気もない。そろそろ腹ごしらえをしたくなった。家業は土曜の晩と日曜が休みで、昼までは母を眠らせておくことになっている。弟はまえの晩にこしらえたゆで玉子をあたえておけば、それを持って勝手にどこかへ遊びにゆく。午后《ごご》も外にいるつもりならふたつ、晩までなら三つというふうに。

桜蔵は霊園のむかいのファミリーレストランにはいった。

「いらっしゃいませ。二名さまですか。窓ぎわのお席へどうぞ。」案内係の口上で、桜蔵は男がついてきたことにはじめて気づいた。

「なんのつもりだよ。おれにおごらせようってのか？」

「……たてかえてもらえないかな？」

「そういうたのみは、はいるまえにすませろよ。」

「呼びとめたんだが、きみがたちどまってくれなかったんだ。」

桜蔵は不毛なやりとりを好まない。あつかましい人物だが、口をきわめてののしるほどの嫌悪もかんじなかった。むろん好意も持ちえないのだが、あえて云えば、泥酔のはてに野外で寝こみ、あげくに財布も上着も靴もうしない、本人の弁を信じるならば身内の遺骨までなくした男が、なにを根拠にここまで平然としているのか、その鈍さに興味がわいたということだろう。

遺骨をもっていたくらいだから、身内の死に直面したばかりの男だ。神経が一時的に麻《ま》痺《ひ》していて、正常な思考がはたらかないのかもしれない。桜蔵は男とむかいあって窓ぎわの席にこしかけた。口をきかないつもりで、外の景色をながめている彼に、男はかまわず話しかけてくる。

「……来年は枇杷《びわ》がなるよって。枕もとへ呼ばれて、なにかと思えばそんなことを云うんだ。養父の家の庭に枇杷があるんだよ。いっこうに果《み》が生《な》らなかった。植えた人間が死ねば、翌年から果がつくそうだ。」

桜蔵は出された料理をそのまま食べずに、よせあつめて再構築するクセがある。だから、行儀も悪くなる。できればひとりで食べたい。見知らぬ者との相席など、もってのほかだ。幸い、泥酔男は故人のことしか頭にない。

桜蔵は、はこばれてきたハムトーストに半熟玉子をのせ、そのうえへサラダの皿からつまみだしたスライストマトをならべ、マスタードをトッピングした。そのあいだも、男の話はつづいた。

「枇杷がなったら、天神酒《てんじんしゅ》をもって墓まいりにきてくれと云うんだ。種を漬けた酒だよ。作りかたをきいておくんだったな。」

「遺骨をさがしにいったほうがいいと思うけど、」桜蔵は男がそのことを忘れているようなので、うながしてみた。一方では、遺骨をくるんだふろしきづつみなど、はなから存在しなかったのではないかと、うたがってもいる。夜間に墓を訪れて、こっそり納骨するなどという話もきいたことがない。

会計をして店を出た。男の身もとをきいておく必要がある。だが、たてかえた食事代の返済は、なかばあきらめていた。男はカードを持っていないと云った。定収がなく、身もとの保証もないという意味だ。キャッシュカードすらもたないのであれば、銀行の預貯金もない可能性がたかい。

桜蔵はちょっとした災難と思ってあきらめる気になっていた。もとはといえば、たおれている男を目撃しながら、おきざりにした報いというものだ。あのとき、桜蔵にはいくばくかの悪意が宿った。はじめは手を貸すつもりでちかづいたのだ。醜態をさらしている男が、その身装《みなり》にふさわしく貧相なからだつきであったら、まちがいなく手だすけを実行していた。

「……世話になった。住所を教えてもらえれば後日お礼に、」

「そんなのは、かえって迷惑だよ。」桜蔵は男をさえぎって云い、交番への道順を教えた。男はうなずいて歩きだした。

日曜の午后は、兄弟で家のそうじをすることになっている。だが、弟はほとんどあてにならない。じゃまをされるより、遊ばせておくほうが無難だった。母は野暮用を足しにでかけた。

女友だちの真也《まや》が、予備校のいきがけにたちよった。彼女は一級うえなので受験生というわけだ。初もの、と云って枇杷をもってきた。さっそくふたりで食べる。「これ、親戚《しんせき》がおくってきたの。白い果なんだよ。」彼女の云うとおり、皮は見なれた枇杷のいろだったが果肉は洋梨のようだ。皮をむくそばから、果汁が指をつたう。「ちょっとばかり、淫靡《いんび》なかんじ。」そう口にする彼女に、ふるいつきたくなる桜蔵だった。

電車に乗りおくれる、と云いながら、真也は枇杷にかじりついたその口で、桜蔵にキスしてかけだした。いきなりだったので、彼は文句を云うまもなく見おくった。

ふるめかしい木造家屋は、油断をすればたちまち邪気につけこまれる。柾はそう諭《さと》す口のしたから、ききわけがよく役だつ連中ならば、すみついてもらえとも云う。化けものとの共棲《きょうせい》など、ねがいさげだ。

桜蔵はトイレそうじをしていた。ひきちがいの窓から、庭の緑陰が見える。弟の千菊《ちあき》が捕虫あみをふりまわしている。この春、桜蔵と同じ学校の中等部へ入学した。それなりに、きびしい選抜試験で知られた学校なのだが、千菊が試験にそなえて熱心に勉強しているようすは見られなかった。兄が思うほどのうつけではなかったのか、強運にめぐまれたのかは知らないが、あっさり合格した。

「蔵兄《くらにい》、あっちで煙がでてるよ。消防に電話しなくちゃ、」千菊は勝手口に捕虫あみをなげだして、家のなかへかけこんできた。桜蔵はいれちがいに庭へ飛びだした。近所の火事ならば、消火が必要になる。休業日で、泊まり客がひとりもいないのは幸いだ。まもなく消防車のサイレンが鳴りひびいた。

庭からは煙が見えるばかりで、火元はよくわからない。桜蔵は二階へかけあがり、窓からのぞいた。空は、うっすらと煙でかすんでいる。火元はそれほどちかくない。千菊は自転車に乗って出てゆく。気をつけろ、と注意をあたえるまもなかったが、ひきとめたところで聞きいれないだろう。

小火《ぼや》だったらしく、じきに騒ぎはおさまった。出さきから母がもどり、なにかあったの？　とのんきにきく。

「菊《あ》っちゃん、たのまれてた標本用のピンを買ってきたわよ。おかあさん、あんなお店にはいるの初めてで、まごついちゃった。」

「いないよ。」桜蔵がかわりにこたえた。

「あら、出かけてるの？」

「火事見物にいった。」

「火事？……どこなの、うちは大丈夫なんでしょうね、」家のなかにいて、そんなことをきく。

「このとおり。遠くの小火だよ。ここからは煙が見えただけだ。」

「それで、菊っちゃんは？　かけつけたまま、まだ帰らないの？」

「そうだろ。いないから、」

「落ちついてないでさがしてきてよ。心配じゃないの?」

「あいつは、そんなヘマじゃないよ。あれで、要領はいいんだ、」家の手つだいを、いつもひとりでひきうけている桜蔵の実感だった。

「いいから、ちょっといってきて、」

　桜蔵がしぶしぶ外へ出ようとしたところへ、千菊がもどった。

「……あ、おかあさん、たいへんなんだよ。昆《こん》先生の部屋が火事になっちゃったんだよ。漏電だって。小火だったけど、水びたしでもう住めないんだ。今晩寝るところもないんだって。」云いながら、千菊は納戸をあけて防水シートをひっぱりだした。

「……菊っちゃん、コン先生ってどなた?」

「担任の羽《は》ノ浦《うら》先生だよ。名前が昆だから、昆先生って呼んでるんだ。外出先からもどったら、もう火事になっていて、部屋からなにも持ちだせなかったんだよ。」

「……まあ、おきのどくに。」

　羽ノ浦というのは、この春赴任したばかりの教師だった。千菊のクラス担任だが、始業式の日に紹介されて講堂の壇上にたったのを遠目で見ただけの桜蔵には、ほとんど印象のない人物だ。理科の担当であり、文系クラスの桜蔵にはなおさら関係がない。

あとかたづけの手つだいにゆくと云う弟を、しかたなく桜蔵も追いかけた。母が手を貸すようにせっつくからだ。一キロほどさきの木造アパートだった。小火は羽ノ浦が暮らす二階の一室だけで、ほかに被害はなかったようだが、老朽化がはなはだしい建物は、焼けていない部分も廃墟《はいきょ》にしか見えなかった。これで住人がいるとは、おどろくばかりだ。

兄弟がかけつけたとき、羽ノ浦は被災した部屋を見あげて、ぼうぜんとしていた。桜蔵はその人物におぼえがあった。「……あんた、けさの。」

千菊はさっそくアパートの路地に防水シートをひろげ、無事なものがあれば部屋のそとへはこびだす準備をする。消防署員の現場検証がすむのを待つあいだ、羽ノ浦はへなへなと地面にしゃがみこんでいた。

ひと晩留守にした部屋が、帰ってみれば水びたしになっていたのでは無理もない。だが、もとはといえば帰宅できないほど泥酔するほうが悪い。しかも、桜蔵とわかれたのちも、まっすぐ帰宅しなかったらしい。遺骨をさがしていたのかもしれない。

千菊は許可が出るとすぐに部屋へあがりこみ、部屋のなかのものを、手あたりしだいにもちだした。消火の水をかぶった家財は、おおかたつかいものにならない。この部屋の住人はなぜか寝具を持っておらず、寝袋の愛用者だ。千菊はそれを見つけて肩がけに背負い、さらに両手いっぱいの荷物をそとへ、はこびだした。

桜蔵は弟の意外なはたらきぶりに目をみはった。いつのまにか、段ボール箱まで調達してきて、無事なものをかきあつめる。宝さがしでもしているようだった。

教師はまるでふぬけだ。桜蔵は気合をいれてやろうと思ってちかづいた。

「先生、すこしは、はたらいたらどうだよ。落ちこむまえにすることがあるだろう？　貴重品くらいは、ほりだしておかないとまずいんじゃないか。」

「……やっと繭《まゆ》をつくりはじめたところだったのに。」完全に正気をうしなっている。桜蔵は蹴《け》りたおしたいのをこらえ、かわりに足もとのゴミを踏みつぶした。アルバムの残骸《ざんがい》だと気づき、あわててひろいあげた。水をすって、ずっしりと重い。しずくをぬぐって、千菊が用意した段ボール箱におさめた。

家主らしい男がやってきて、教師をどなりつけている。漏電は設備のせいではなく教師が押しいれを勝手に改装して違法な電熱器を取りつけたせいだと鼻息があらい。千菊は無事だった家財道具を詰めこんだ段ボール箱を自転車の荷台にくくりつけた。

「……千菊、それをどこへはこぶんだ？」

「ウチだよ、」

「……ウチって、左近へか？」

「そうだよ。だって、ここの部屋にはもう住めないだろ？」

「おまえ、ウチが特殊な宿屋だってことはわかってるよな？」

「うん。連れこみ宿、」

「……大声でこたえなくていい。」

「ぼく、さきにいっておかあさんに話してるから、蔵兄は先生の案内をたのむよ。」

「……待てよ。なんで、おれが？」

自転車をこいで遠のく弟のうしろ姿を見おくりながら、桜蔵はいささか不安になった。あの母に人だすけ趣味がないことは承知だが、万が一ということもある。それでなくとも、千菊には甘い。

予感は的中した。桜蔵が教師をともなって「左近」にもどったとき、母はすでに時雨《しぐれ》の間をあけて待っていた。日ごろはつかわない部屋ではあるが、それでも客間だ。無償であたえるつもりなら、気まえがよすぎる。千菊はいそいそと出迎え、ためらっている教師を奥へみちびいてゆく。あとへつづこうとした母は電話が鳴る音で帳場へひきかえし、受話器をとった。浜尾からだった。

「……そうなの。桜蔵がね、こんどはほんとうに男をひろってきたのよ。」母はさっそく、報告をいれた。桜蔵はたまらず抗議する。

「ひろったのは、おれじゃない。千菊だよ。」

「どんな人物かは、ご自分で採点なさいよ。こんどいらっしゃれば、わかるわ。」母は桜蔵の声を無視して、浜尾との電話を終えた。

「……あら、枇杷《びわ》がある、」

「真也が持ってきたんだ。」

「おいしそう。真也ちゃんに、なにかお返ししておいてね。」

ほしいと云われればよろこんで、と桜蔵は胸のうちでこたえた。母はさっそく枇杷の皮をむく。種をよけつつ、「これを、昔は天神《てんじん》さまって呼んだのよ。すてるのは罰当たりだから、お酒に漬けておくの。」そんな話をする。

千菊が羽ノ浦をつれて茶の間へやってきた。

「……このたびは、たいそうなごやっかいをおかけしまして、」教師はだいぶ落ちついたようすで、まともなあいさつをした。桜蔵が、けさ出喰《でく》わしたときとおなじ泥だらけのシャツを着ている。ほこりまみれの顔にレンズのぬけためがねをかけ、かわいた泥がこびりついた髪は全体に白かった。だが、からだつきだけは豪奢《ごうしゃ》だ。いっさいの情けない要素とは無縁のままそこにある。

「……どれにしようかな、天神さまの云うとおり。」千菊はむじゃきに枇杷をえらんでいる。桜蔵は教師の姿を横目に、やはりこれは自分がひろったものなんだろうかと、ぼんやり考えた。

第3章　六月一日晴

今にも雨がふりだしそうな雲が群れ、しめり気をおびた風がふく。土曜日の授業をおえた桜蔵《さくら》は、かえりじたくで校舎のなかを歩いていた。

彼は家業の手つだいを理由に部活動をしていない。廊下の前方に、羽ノ浦《はうら》の姿をとらえた。強度の近視のために、分厚《ぶあつ》いめがねをかけている。それでさえ、どのぐらい見えているのかは疑問だ。靴下の左右のがらはたいていそろっていない。安ものの服はいつもどこかしらほころびているが、気にするようすはない。学校支給の白衣のおかげで、なんとか体裁をたもっているありさまだ。

おまけに要領も悪い。いつのまにか、雑用係にされている。学校へ苦情を云ってくる保護者や近隣住民の窓口だ。まずは電話口で平謝り、出むいて土下座という役目である。とうぜん、生徒たちの評価は、かんばしくない。見くだした態度をとる者も多い。

だがそれも、あくまで職場での評価にすぎない。この教師のからだつきは、ある種の男たちの目を惹《ひ》きつける。ちかごろ「左近」の台帳が予約で埋まっているのは、いそうろうの見物をしたがるやからがふえたせいなのだ。むろん、当人は知るよしもなく、のぞき見されているのも気づかない。

羽ノ浦は不用意に、書類を読みながら廊下を歩いてくる。桜蔵はこのさきに段差があるのを注意してやろうかと思ったが、軽く一礼だけしてすれちがった。桜蔵の母は、アパートの小火《ぼや》で焼けだされた羽ノ浦に「左近」の一室をロハで貸した。急な物いりのさいは母のたのみで質屋にさえかよう桜蔵にとって、それは面白くないことなのだ。羽ノ浦が段差で転んだかどうかはわからない。桜蔵は足ばやに学校をあとにした。

日中は曇天のまま持ちこたえ、晩になって雨がふりだした。週末は、ひいき客からの予約がなければ「左近」も休みになる。大学で教えている浜尾《はまお》は、ここしばらく学生の世話がいそがしく、「左近」への訪れも三日おきというわけにゆかない。番頭と板前は前日の泊まり客を送りだして昼まえに自宅へひきあげ、母は女友だちと一泊旅行に出かけた。たまには気晴らしも必要というわけだ。

兄弟で留守番をする。板前の佐久間《さくま》が帰りがけにこしらえてくれたものを温めて晩のおかずにした。鶏《とり》ごぼうと煮ざかなだった。それに奴《やっこ》豆腐をくわえて兄弟で食卓についた。羽ノ浦はまだもどらない。

「昆《こん》先生ってね、よくお金をなくすんだよ。給料まえは一文無しになることもあるんだって。湯屋へもいけず、仕方なくアパートの洗面台でからだを洗ってたら大家に見つかったんだ。それで最初の部屋を追い出されたのが始業式の直前で、次のところも翌々週に追われて、小火になったアパートは三軒目だったんだ。よっぽどついてなかったんだね。」

「まぬけなだけだぜ。うかうか同情するなよ。」

「でも、いい先生だよ。」千菊《ちあき》は鍋《なべ》にあまった御菜《おかず》を弁当箱につめる。教師にさしいれるつもりだ。

「どこが？」

「だって、えこひいきしないんだ。色めがねで見ないんだよ。」千菊の目から、涙がこぼれた。

「……おまえ、」

兄弟は庶子だった。世間ではそれをとやかく云う者がいる。桜蔵は聞きづらい話には耳をふさぎ、それですませてきた。かげ口をたたきたいヤツには云わせておく。だがさいわいに、泣きたいほど悔しい思いをしたことはない。千菊も同様だときめつけていた。家では末っ子らしく、のほほんとしている。これといった悩みももたず、楽々とすごしていると思っていたのだ。

「泣くな。自分を憐《あわ》れむんじゃない。堂々としてろ。これまでの教師が悪すぎたんだよ。

わすれろ。ついでに、羽ノ浦にも期待をかけすぎるな。教師は教師だよ。それ以上でも以下でもない。」

電話が鳴っている。桜蔵は弟に風呂《ふろ》をあびてこいと命じて、帳場へいそいだ。ひとけのない廊下に雨音がしきりとひびく。

「おまたせしました。左近です。」

「……そちらに、羽ノ浦という者がごやっかいになっていると思うのですが、」

電話口の男は、羽ノ浦にとどけものがあるのでこれから訪ねたいと云う。桜蔵は教師の不在をつたえたが、男はすでに駅まえまで来ているのだった。先をいそぐので、できれば羽ノ浦のかわりにうけとってもらえないかと、やや強引な依頼だ。桜蔵はためらいつつ、この雨ならば教師もじきにもどるだろうと見こして承知した。そのまま帳場で男がくるのを待ちうけた。

羽ノ浦がもどればひきつぐつもりだったのだが、いっこうにその気配がない。やがて、呼び鈴とともに玄関のガラス戸があいた。客人のまわりに細雨がまとわりつく。

「夜分、失礼します。」四十そこそこの、黒いシャツを着た男があらわれた。うす地ではあるが、こんなむし暑い季節に長そでだった。ほそおもてに、ふちなしめがねをかけている。唇のうすい、神経質そうな人物だ。桜蔵は帰宅のおそい羽ノ浦をひそかに呪いながら、男を玄関横の応接間へとおした。畳にじゅうたんをしき、洋室ふうにしつらえたところへ、砥草《とくさ》いろの別珍《べっちん》を張ったソファとよせ木の小卓をすえてある。

うす暗い玄関さきでは気づかなかったが、男の黒いシャツは奇妙な光彩をおびている。電灯の光のかげんで、青むらさきや、みどりに見えるところがあるのだ。桜蔵は生地の加工だと思いこんでいた。だが、そうではなかった。ソファへ腰かけるさいに、まえかがみになった男のえりがひらき、胸もとがのぞけた。桜蔵は思わず息をのんだ。

そこに蝶《ちょう》が群れている。すくない数ではない。黒いシャツをすかして、いくえにもかさなった蝶だ。ビロードのようなふうあいの黒蝶で、反射によってみどりやむらさきの斑《はん》があらわれる。まばたきをするあいだに、漆黒にもどる。桜蔵はぶしつけにすぎると思いつつ、目をはなせずにいた。男が、ふいに顔をあげたので、あわてて目をそらした。

「生まれつきの肌なんですよ。だから、夏でもこんな暑苦しい黒服を着ているというわけで、」

「……すみません。」桜蔵はひやあせを流しながらわびた。

「おかまいなく。人の目には、なれっこですよ。……ただ、さしつかえなければ、きみがたった今、これを見てどう思ったのかを教えてもらえませんか？　罪ほろぼしとして。」

桜蔵はたじろいだ。こんな場合にどう云いのがれればよいのか、準備ができていなかった。

「……さきほどの失礼はおわびします。でも、べつに……なにも、」

「うそはいけませんね。罪が重くなるだけだ。」

窓ごしの雨音がはげしくなった。桜蔵の気分も雨量に応じて重くなる。蝶の羽のようだと思ったことを、つたえるべきか否かまよった。なぜ蝶に見えたのか、それは桜蔵にもわからない。男はたばこを喫《の》んでもよいかときく。桜蔵は承知して灰皿をだした。しかし、男はたばこではなく名刺のような札に火をつけた。それを灰皿のなかへ落としこむ。うっすらと紫煙がたちのぼった。

「ある男が私の肌をさして、まるで腕のなかにたくさんの黒いアゲハをかかえているようだ、と云いました。いい景色だとね。その男は私とは逆に、一点の曇りもない肌をしていましたよ。そのころはきみとおなじくらいに若かったからでもあるんだけども、ホクロもなくてね。ひとつぐらいはあるだろうと思ってくまなくさがしたんですが、見つかりませんでした。」

男の話は奇妙な方向へそれてゆく。桜蔵は今さら、自分も蝶だと思ったとは云いにくくなり、ますます困惑をふかめた。男はさきをいそぐと云ったくせに、いっこうに腰をあげない。

桜蔵は応接間にそなえつけの小型冷蔵庫から冷茶をだして茶器にそそぎ、男の手もとへおいた。ひこうとする手をつかまれた彼は、うっかり身ぶるいした。それを悟った男が笑う。

「……失礼、時間を知りたくて、」男は桜蔵の腕時計の文字盤を読む。柾のはらいさげのクロノメーターだった。

「九時五分か、」

「あの、おあずかりするものは、」桜蔵は男がつかんでいる手を、それとなくしりぞけた。

「ああ、それなんだけどね。……すまないが、きみのからだを貸してもらえないかな？いいかんじだ。」

「……からだ、」

「こいつは人肌に転写するのがいちばん色が映えるんだよ。胸とか背とかね。脚でもいいよ。うちまたの奥なんかが。ふだん見えないところのほうが、きみにも都合がいいだろうし。」

桜蔵は男がなにをすると云ったのか聞きとれなかった。耳なれないことばだったのだ。

「鱗粉《りんぷん》を転写するんだよ。」男は桜蔵が腑《ふ》に落ちない顔をしてみせたので、再度口にしつつ、道具をとりだした。

三角におりたたんだパラフィン紙のなかに、胴のところでふたつ折りにした黒蝶がつつまれていた。尾の部分の白と紅の斑が目立っている。その三角紙の束といくつもの薬ビンがおさまった箱もある。

「どっちがいいかな?」男は桜蔵にきいた。

「……どっちって?」

「腕と脚だよ。背中でもかまわない。でも、それだと自分では見えないから、たのしくないだろう?」

「……だから、それはなんの話です?」

「そろそろ、効くころなんだが、」男は灰皿のなかで燃えかすになった札のなごりをつまみあげた。

桜蔵がその意味を悟ったときにはおそかった。目がかすみ、頭がぼんやりする。思わずソファにすわりこんだ。まぶたが重くなる。用心が足りなかった。自分のまぬけさを悔やんだが、すでにからだが動かない。弟が異変に気づいてくれることを期待しつつ、あんがいに長風呂なので無理そうだとあきらめた。しだいに眠くなる。

鳥のさえずりで目をさました桜蔵は、そこが自分の部屋であることに安堵《あんど》した。夢だったのだ。天窓は、やや明るみをおびている。雨音は聞こえない。時計を手さぐりする。午前四時だった。走りにゆく時間だ。彼はスウェットウェアに着がえ、顔を洗いながらゆうべのことを思いだそうとした。頭がはっきりしない。出がけに応接間をのぞいてみた。客人の気配はなにものこっていなかった。灰皿もでていない。

桜蔵は走るうちに、帳場の電話が鳴ったのはすでに夢の一部だったのではないかという気がしてきた。家にもどってシャワーをあびる。台所で玉子を焼いているところへ千菊がおきてきた。

「蔵兄《くらにい》、ゆうべはなんだってあんなところで寝てたの？　昆先生が部屋まではこんでくれたんだよ。」

「……あんなところって？」

「応接間のソファだよ。ほうっておこうと思ったけど、昆先生が蔵兄ひとりくらいなら担げるって云うんだ。力があるんだね。ぼくの体重なら負ぶったまま富士山も登れるって。」

「……だったら、担いでもらえ。日の出を拝んでこいよ。」

「怒って云うことないのに、変なの。」

千菊は口のまわりを白くしながら牛乳をのんでいる。桜蔵はその頭をかるくこづいて、自分の部屋へひきあげた。ひとやすみして、そうじにとりかかる。だが、バケツをさげてトイレにいったところ、そこはもう磨きあげてあった。べつのトイレへゆく。ジャージ姿の羽ノ浦がいた。そうじをしている。

「よけいなことをするなよ。そうじはおれと千菊の役目なんだ。あんたは客じゃないか、」

「いそうろうさせてもらっているから、せめてそうじくらいはと思ってね。」

「だったら、下宿代をはらって堂々と間借り人になればいいんだよ。給料をもらっているくせに、なんで部屋代を工面できないのか、さっぱりわからないぜ。」

まだなにか云いたそうな羽ノ浦をおしのけて、桜蔵はトイレそうじをはじめた。千菊もじきにやってきて手つだった。「昆先生はお客さんだから、こんなことをしなくていいんだよ。」

ゆで玉子を持ってでかけた弟を見おくり、桜蔵は中庭に面した縁《えん》廊下に寝椅子をもちだした。よしずが日よけになって、すずしい風がとおる。「左近」の客がいるときは縁さきへでるなと云われているが、泊まり客のない日は、好き勝手ができる。そこへ羽ノ浦がやってきた。さきほどと同じジャージ姿だが、見ちがえるほど姿がいい。姿勢のせいかもしれない。まなざしもいつもとちがう。いや、そうではなく、めがねをかけていないのだ。

……この顔は、たしか。

桜蔵は羽ノ浦のからだつきが、春さきに駅頭でひろった男と似ているのはずっと意識していた。だが、顔が似ていると思ったのはこのときがはじめてだった。めがねのあるなしで、これほど印象が変わる男もめずらしい。

「休んでいるところをすまないが、ゆうべ、おれのところへだれか人が訪ねてこなかったかな。」桜蔵にたいする口ぶりも日ごろの羽ノ浦より横柄だ。

「……ゆうべ？」

「彼はきみにあずけたと云うんだ。さがしものをたのんであって、その資料なんだけどね。」

羽ノ浦がつげた男の人相は、桜蔵がゆうべ応接間へ招いた人物と一致していた。だが、彼はすぐには返事をしなかった。またしても混乱している。あれは夢だったはずだ。

「こう云ってはなんだけど、水泳の授業のまえに手をうったほうがいいな。でないと語ぐさになるよ、きみの背中が、」

「どういう意味だよ。」羽ノ浦の腕がのびて、桜蔵のTシャツをつかんだ。

「ちょっと脱いでごらん、」

「……なん……で？」

「背中を見せてもらいたいんだよ。」

羽ノ浦の腕をふりほどき、桜蔵は奥の部屋へのがれた。といって、唐紙《からかみ》をたてるだけで、鍵《かぎ》はない。教師が追ってこないのをたしかめ、桜蔵はTシャツを脱いで母の鏡台に背中を映した。

蝶《ちょう》が翔《と》んでいた。それも群れだった。……なるほど、これではプールにはいれない。触角や胴の部分はあきらかに手がきなのだが、羽だけは妙に写実的で、ふれれば鱗粉がこぼれそうなほどだ。そのくせ、背中へ手をまわして指でこすっても落ちない。桜蔵はそのまま風呂場《ふろば》へ急いだ。

廊下へ出たところで、彼はカメラを手にした羽ノ浦にまちぶせされた。

「撮影したいんだけど。その標本を、」

「冗談だろ、」桜蔵はかべを背にして立ち、背中をかくした。

「いや、ほんとに。友人が奄美《あまみ》地方で採集してきた亜種なんだ。おれの研究では斑紋《はんもん》の変化をしらべているから、胴体はなくてもいい。なるべく数がほしい。」

「いやだと云ったら?」

「落とす方法を教えない。」

桜蔵は羽ノ浦を無視して風呂場にはいり、とびらに鍵をかけた。彼は母が化粧落としにつかうクレンジングをためしたが、むだだった。タオルでこすってもシャワーをあびても落ちない。あきらめて羽ノ浦のところへもどり、撮影を承知した。教師はそとを指す。

「自然光がいいな。せっかくひろい庭があるうえ、晴れたことだし。」

「……あんた、ほんとうに羽ノ浦か？」

桜蔵はあらためて教師の態度をあやしんだ。学校での冴《さ》えない教師と、目のまえにいる男はあまりにもちがいすぎる。

「このさい、どうでもいいことだろう？……それに、きみにとってもはやくすませたほうがよくはないか？　でないと、おふくろさんが帰ってくるまでにおわらない。」

この男をまえにして、桜蔵は完全に無力だった。否とは云えない立場に追いこまれてゆく。背中をむけて、指示された場所に立った。雨あがりの庭は草いきれに満ち、緑の勢いに気圧《けお》されそうだ。虫の羽音がやかましい。ときおり、シャッターを切る音がひびく。

「……数が足りないな。個体数は七だと連絡があったんだ。でも、きみの背中には六個体分の表と裏が転写してあるだけだ。あと一頭ぶんあるはずなんだが。」

「数えまちがいだろう、」

「いや、そうじゃない。きみが上半身しか脱いでいないから、見えないんだ。」

「……自分でたしかめる、」桜蔵はふたたび風呂場へ走った。とびらの鍵をかけ、着ているものを全部脱いだ。……最悪だった。

桜蔵は羽ノ浦のところへはもどらず、自分の部屋にこもった。父の柾《まさき》は医師なのだ。この「落書き」を消す方法ぐらい知っているだろうし、すくなくとも皮膚に炎症があってプールにはいれないという診断書は書いてもらえる。

お鮨《すし》を買ってかえるから待っててね、と母から電話があった。桜蔵は夏障子をたて、縁さきや玄関に蚊《か》やりをおいた。姿が見えないと思っていた千菊が、時雨《しぐれ》の間をのぞきこんでいる。

「……そんなところで、なにをしてるんだよ。」

「庭に変わった花があって、図鑑にものっていなかったから、昆先生に教えてもらおうと思ったんだ。でも、外出してるみたいだ。……ほら、これ。」千菊が見せたのはありふれた草だった。

「ばか、それは十薬《じゅうやく》じゃないか、」要するにただのドクダミだ。

「でも、花のかたちが、ちがうよ。十字じゃないよ。」

「八重なんだよ。十薬にもたまに八重がある。」

「へえ、蔵兄って詳しいんだね。」

「常識だ。」

「生物部にはいればいいのに。ぼくもはいったんだよ。」

「顧問は？」

「昆先生だよ。」

「やめとけ。」

夕方六時ごろになって母がもどり、台所と茶の間を往き来しながら旅のみやげ話をした。そのあいだも手を動かして着がえをすませ、吸いものをこしらえた。「さあ、できた。菊《あ》っちゃん、昆先生に声をかけてきてちょうだい。ご一緒にどうぞって。」

数分後、千菊の先導であらわれたのは、いつもの羽ノ浦だった。近眼用のめがねをかけ、安物のえりつきシャツを着ている。ボタンを律義にうえまで留めた姿で、しきりに恐縮した。「ご遠慮なさらずに召しあがってくださいね。先生がいらっしゃればこそ、私も息子たちをおいて旅行に出られるんですから。桜蔵の留守番は、まだまだ心もとなくて。」

桜蔵は母の云いようにいきどおりつつ、腹ごしらえに没頭した。羽ノ浦は足をくずすこともなく、長身をおりたたんで鮨を食べている。カメラを手に桜蔵を服従させた凄《すご》みなど、どこにもなかった。

「昆先生、青ざかながきらいなの？　だったら、ぼくのシャコととりかえようよ。これ、かたちが怖いんだ。」千菊は甘えて云う。教師はこころよく応じた。

二重人格者の可能性を、桜蔵は柾にたずねてみた。学校がえりに、例の診断書を書いてもらうためにクリニックを訪れている。「専門ではないから、医者としてはなんとも云えないが。私見を云わせてもらえば、その男はおまえといい勝負だな。似た者同士らしい。」

「……どういう意味だよ。」

「いずれわかるさ。……それより、その蝶だが、なかなかいいじゃないか。浜尾にも見せてやれ、よろこぶぞ。」

「おれには、オヤジたちみたいな趣味はない。」

「云い切ることはないさ。ほんとうの男を知りもしないくせに。自覚するには、まだはやい年齢だよ、おまえは。」

結局、知りたいことの答えははぐらかされた。蝶の転写を落とす方法も「そのうちしらべておく。」と悠長な返事だった。大人の男はいつもこうなのだ。

柾のクリニックによった帰りしな、桜蔵は弟がよく展翅《てんし》用のピンを買っている昆虫標本の店のまえをとおりかかった。あの鱗粉《りんぷん》転写を消す薬品が存在するかもしれないと思いついて、とびらをあけた。

その考えはある意味で当を得ていた。店のなかに客として黒シャツの男の姿があった。桜蔵はすぐさま踵《きびす》をかえし、店を飛びだした。男が追ってくる。桜蔵は路地へそれ、でたらめの進路をとった。足を休めずにひたすら走る。もはや自分でも駅がどの方向なのかわからなかった。だが、男も撒《ま》いたはずだ。そう確信してふり返ったすぐ先に、男の姿があった。

「蛇の道があるように、蝶にも道があるんだ。蝶捕りのおれには、はっきりと見える。だが、雄か雌かは、ふれてみないとわからない。うれしいことに、あの晩きみが雌だとわかった。」男は手をのばしてくる。桜蔵はすかさずよけたが、首すじにかすかな刺激をかんじた。

「……何を云ってるんだよ。あんた、頭がおかしいぜ。」

「たいした口のききようだな。きみのほうで、なにかたのみがあると思ったんだが、ちがうかな？」

男は名刺をさしだした。「背中の標本を消したくなった場合はここに連絡を。」そのまま人ごみにまぎれて消えた。桜蔵は名刺をながめた。

肩がきは蝶捕り師。「六月一日晴」と書いてあった。住所はないが、電話番号は記してある。裏に名前のローマ字表記があった。

「Kiyoshi Kusaka」どこをどう読めば、六月一日晴がクサカキヨシになるのか、さっぱりわからない。ひとつ、はっきりしているのは、桜蔵がまたしても不可解な男と関わりを持ってしまったということだ。

第4章　骨箱《こつばこ》

土曜の昼日中、桜蔵《さくら》の父である柾《まさき》が「左近」を訪れた。たまにしか顔を見せない父親を敬遠する年ごろの千菊《ちあき》は、あいさつをすませてすぐプールにいくと云ってでかけた。だが、父がみやげに持ってきた温泉玉子は、よくばってふたつも食べた。

柾は茶の間の仏壇に持参の菓子をそなえ、線香をあげる。当代女将《おかみ》の旦那《だんな》である柾が左近の先祖とかくべつの縁があるとも思えないが、訪ねてくるたびにかならず手をあわせる。七月にはいり、はやくも盆の提灯《ちょうちん》をともしてあった。仏壇のそばだけでなく、家の角々につるして昼から灯《ひ》をいれておく。

桜蔵が幼いころには離れで暮らす祖母が、提灯をともしながら縁《えん》廊下や庭をめぐった。年じゅう着物ですごしていた祖母は、夏にはしじらと呼ばれる織物の、白地に染みる紺の筋が涼しげな着物を好んだ。桜蔵はそのあとをついてゆく。祖母は腰にしごきを結んでおく。桜蔵はそれをつかんで歩くのだ。孫に桜《おう》ちゃんと呼びかける。今はだれも、彼をその名で呼ばない。

桜蔵の母は、中庭に面した玉響《たまゆら》の間で柾とくつろいでいた。ちょうど学校がえりだった桜蔵は、修学旅行の費用の件をたのみに、顔をだした。秋の旅行だが、一学期の末に費用をはらいこまなければいけない。

「……へえ、その背中でいくのか。風呂《ふろ》はどうするんだ？」

柾はわざとらしく声をひくめて云う。桜蔵の背には、鱗粉《りんぷん》転写した蝶《ちょう》の羽がはりついたままだ。しだいにうすまって消えるだろうと期待していた彼のおもわくははずれた。プールの授業は、ずっと休んでいる。母にはうちあけていない。彼女が水蜜《すいみつ》を切ってこようと云って台所へたつのを待って、桜蔵は父につめよった。

「消す方法をしらべてくれると云ったじゃないか。あてにしてるのに。」

「ものごとには手順ってものがあるんだよ。じきにいい報告ができるさ。それより、浜尾《はまお》があと五、六人の男に見せてやりたいと云ってたな。」

まじめにとりあってもくれないが、修学旅行の費用に関しては二つ返事だった。だが、後日費用をうけとりにいった桜蔵は、現金ではなく、白磁の徳利《とっくり》をひとつ手わたされた。

まるみをおびた胴の底はいびつで、たいらなところへおいてもころげる。桜蔵は机のうえへたてようとして、はたせなかった。細くみじかい首は口が極端にせばまっている。指の腹でぎゅっとつぶしたようなかたちだ。柾はさらに、走りがきの地図をよこした。

「その店で、金を借りてこい。足もとをみられたとしても、旅費はまかなえるはずだ。あとはおまえしだいで上積みできる。そのぶんは、こづかいにしていいよ。……まあ、がんばれ、」

箱のふたに「骨箱《こつばこ》」と墨書してある。宴席へもちだす徳利にこんな銘をつけるひねくれ者もあるのだ。からからと、かわいた音をたてる。

「なかに、骨がはいってるんだよ。しゃれで。」

「どこがだよ。まるでしゃれになってないだろう、」

「だったら、縁起かつぎだ。」柾にまともなこたえをもとめても、むだだった。

店の屋号は八疋《はちひき》という。桜蔵は地図をひろげて、頭をなやませた。うまいとは云えない地図だが、頭のいい男のかいたものなので道や目印にまちがいはない。とちゅうまではなんの問題もなく進んだ。だが、あとすこしのところで、なかなかたどりつけずにいる。軒《のき》看板にも電柱にも八疋の名はみあたらなかった。

川べりの町である。水神祭があるらしく、はっぴを着た男衆《おとこしゅう》が自転車に乗ってせわしなくゆきかいする。桜蔵は声をかけそこなった。地図があればどうにかなるだろうと、高をくくってもいた。

訪ねあぐねて、八疋に電話をかけてみる。呼び出し音が鳴るばかりで、だれもでない。店がはじまるのは、午后《ごご》五時だ。それまでは電話も通じないようだ。すでに四時をまわっていたが、真昼のように照りつける。通りすがりの日がさの女のかげへ、思わずまぎれこみたくなる。桜蔵は気休めにハンカチをかぶった。

表札に望月《もちづき》と名のある家のまえを何度かとおる。柾の地図では八疋もそのあたりのはずなのだ。家の人にたずねてみようと思い、呼び鈴をおした。奥で人の気配がして、すまないが、すこしだけ待ってくれ、と男の声で応答があった。妙に艶《つや》のあるいい声だった。間じきりをあけたてする音が遠くでひびく。午睡《ひるね》のじゃまをしたかもしれない。唐破風《からはふ》つきの屋根をみあげながら、桜蔵は謝罪の文句をかんがえた。

やがて、二十代なかばくらいの若い男が玄関にあらわれた。たった今まで裸でいたのだと云いたげに、シャツのまえをはだけている。桜蔵はわずらわせたことをわびて、八疋という店を知らないかとたずねた。若い男はあがれ、とうながす。

「……いえ、あの、」桜蔵は趣旨がつたわらなかったかと思い、柾がかいた地図をひろげた。男は承知してる、という顔でうなずいてみせた。

「引き算をやってみな。十五ひく八はいくつだ。」「……七、」桜蔵はいきなりの問いにとまどいながらこたえた。

「そうだよ。わかったら、さっさとあがってこい。」

屋号は、十五夜《もちづき》から八をひけば七夜《しちや》になるというしゃれだった。それならそれで、姓は望月だと知らせてくれればすむものを。桜蔵は柾の不親切をうらんだ。

ガラリ戸をくぐった玄関のたたきに、衣装箪笥《だんす》ほどの黒ぬりの金庫がおいてある。商売がらとはいえ、桜蔵はその大胆さにおどろかされた。ダイヤル式の、ふるめかしい金庫だ。

「たいして、はいってないんだよ。現金と古銭がすこし。あとは紙っぺらだ。泥棒がそこで時間を喰《く》ってくれりゃ、奥が助かる。」

応接間にとおされた。座敷にじゅうたんをしいて応接家具をいれているところは「左近」と同じだ。日本家屋だが、窓のきわまで緑陰がせまる。室内はややうすぐらいが、真夏の日ざしに萎《な》えた目にはたすかる。

あかりをともしたつり電灯が、らんまや柱の木肌をあめいろにそめている。格天井《ごうてんじょう》に桜吹雪がえがかれ、その花びらを象眼したかのような、らでんの三階《さんかい》だなが目をひく。「左近」よりはで好みで、唐花《からはな》もようの敷きものに、えび茶のサテンばりの椅子をならべ、ともぬのでこしらえた房つきの筒《つつ》まくらと、こぶりの金糸織りのクッションがおいてあった。

「もってきたものを見せてごらん。」

男は鉄びんを卓上の焜炉《こんろ》にのせて云う。暑い日ざかりの道を歩いてきた桜蔵は、できれば冷たい飲みもののほうがありがたいと内心で思いつつ、かかえてきた風呂敷《ふろしき》づつみをテーブルにおいた。

結び目をほどきながら、この男が八疋の亭主なのかどうかをまだ疑っている。こうした店の亭主は、老け顔の中年か、いくらか偏屈なとしよりが多い。真贋《しんがん》をみきわめるには、それなりの年季がいる。質屋は目利きでなければ、そんばかりする商いだ。若い男にそれがつとまるとは、桜蔵には想像できなかった。

男の風貌《ふうぼう》も、その生業《なりわい》に似つかわしくない。母親似だろうと思わせる、やさ男ふうの顔だちと色白の肌のもちぬしで、鳶《とび》いろの髪をのばしてうしろでひとつにたばねていた。直毛ではなく、猫っ毛でくせのある髪だ。そんなようすでも、口ぶりや態度に女々しさはみじんもない。

男は箱書きを指でなぞる。

「骨箱とはね。ばかげた銘だよな。こいつは口の隠語なんだ。もともと歯のことを骨と云ってさ。それをいれておく箱ってことだ。音がするだろう。ほんとうに骨がはいってるんだよ。もっとも、人の骨じゃないから安心しろ。」

桜蔵は先ほどから、水を一杯もらいたいと乞《こ》う機をのがしている。卓上の焜炉では、鉄びんがしゅんしゅんと音を立てているが、八疋の若い亭主は、それで客人をもてなす気はないようだ。

「あのさ、これのつかいかたは知ってるよな？」

白磁の徳利の首をつまんで、男はかるくふってみせる。カラカラと、かわいた音がひびく。桜蔵は酒を酌むものだろうという意味で、うなずいた。だが、男が息を吐くような笑い声をもらしたところをみれば、見当ちがいの返事をしたらしかった。

男は座をたって、縁廊下から段ばしごをおりて庭へでた。そこに井戸があり、青銅の像がすえられていた。亀のうえに立った水神の肩に竜頭《りゅうず》がのる。その口から水がほとばしるのだ。男は片手に徳利を持ったまま、一方の手につかんだ紅《べに》うるしの片口椀《かたくちわん》に水をくんでもどった。その水を徳利にそそぐ。桜蔵は水ほしさに井戸ばたへかけつけたい衝動にかられたが、なんとかこらえた。

男は鉄びんのふたをとり、そこへ徳利をひたした。たおれずに、ちゃんとたつ。「こいつは、酒が満たしてあるときは、ころがらないんだよ。こうして湯玉にふかれながら、いい具合にぬくもるんだ。……きょうのところは、酒じゃなくてただの水だけどな。」

なるほど、と桜蔵も徳利が鉄びんのなかでゆらぐのをながめた。「よし、もうこんなものだろう、」男は湯のなかから徳利をとりだし、布でしずくをふきとる。

黒うるしぬりの三階だなには切子《きりこ》や紅《べに》ガラスを被《き》せたものなど、さまざまな酒器がならべてあった。桜蔵は男の指示で、あわい紫のぼかしがはいったリキュールグラスをふたつ、テーブルへはこんだ。のどの渇きはおさまっていない。あびるほどのみたいところだが、わずかな白湯《さゆ》でも、ないよりはましだとあきらめる。

こんどは徳利をもたされた。やわらかいふれごこちに、桜蔵はいくぶんおどろいた。

「人肌みたいで、気持ちがいいだろう。小さいくせに持ち重りがしてさ。」

それには、桜蔵もあやうくうなずきそうになった。男は身ぶりで、酌《つ》げとうながす。桜蔵はグラスに徳利をかたむけた。だが、水は落ちてこない。細い首の内がわに石がはまって、なかの水がせき止められてしまうのだ。かろうじて数滴だけしたたるが、これではいつになったらグラスがいっぱいになるのかわからなかった。

「徳利のつかい方を、知っていると云ったよな。だったらはやいところたのむぜ。」

男にせかされ、桜蔵はもう一度ためした。だが、どう工夫しても、石が口をふさぐ。男は骨と云ったが、見たところは石だった。箸《はし》をさしこんで、石をよけながら酌ごうと思いつき、桜蔵は飾りだなにあった象牙《ぞうげ》の箸を手にした。

「あのさ、酒席でそういう野暮なまねはしないだろう？　旦那《だんな》のまえでそんなものをねじこむなんて無粋じゃないか。……かしてみな。こうするんだ、ほら。」

男は桜蔵から徳利をとりかえし、じかに口をつけた。技も芸もなく、たんに、らっぱのみをする。おそらく舌で石をよけながらのむのだ。……それのどこが粋《いき》なんだと、桜蔵は目で抗議した。男はなおも徳利に口をつけたまま、不意に腕をのばしてくる。すきだらけだった桜蔵は、簡単にえり首をつかまれた。のがれようとしたときはすでにおそく、口をふさがれた。まさかそんなかたちで水をのむ羽目になるとは、かんがえもしなかった。

「……手ずからより、口ずから、というわけ。こいつは、そういうつかい方をするんだよ。口ですわなきゃ、のめない徳利だから骨箱と呼ぶ。」

桜蔵は肩口で唇をぬぐった。うかうかのみこんでしまった自分に、無性に腹がたつ。柾が案内した場所がまともであるはずはない。遊び熟《な》れていそうな男の風貌を、もっと警戒すべきだった。

男は小切手を切って桜蔵にわたした。額面は修学旅行費用の倍額だ。「それで文句ないだろう？」

桜蔵は日付と振りだし銀行をたしかめた。「……電話を拝借できますか。銀行にたしかめないと。」

「ふうん、信用できないんだ。意外に吝嗇《けち》なんだな、」

「……吝嗇？」

「だってそうだろう。たとえその小切手が無効だったとして、あんたはどんな損をするって云うんだよ。徳利は枉のものだ。なくしたと云って、あらたにべつのなにかを出させればいいだけの話じゃないか。……それとも、あんたの骨箱にはもっと札束をくわえさせなきゃいけないのか？」

結局、桜蔵は銀行へ電話をかけずに小切手をうけとった。口巧者の男を相手に、やりとりをつづける気力がなかった。修学旅行にそれほど執着があるわけでもない。小切手が無効ならそれでもかまわない話なのだ。そもそも、背中の蝶《ちょう》が消えないかぎり、修学旅行にはいけない。

桜蔵は八疋の玄関さきに立った。頭上に墨いろの雲がむらがっている。かすかに雷鳴もきこえた。ここは駅から遠い。たどりつくよりさき、雨になるだろう。このまま軒を借りて雨がすぎるのを待つほうがよいのかどうか、まよっていた。

「雨宿《あまやどり》をしてゆけ。どうせ、さきを急ぐわけじゃないだろう？　茶ぐらい、おごるぜ。」

男がでてきてうながした。その声に、あらがえない自分がいる。家の奥より聞こえる艶《つや》めいた声を耳にした最初から、この男と繋《つな》がっていた。雷鳴がちかづいてくる。桜蔵は家のなかで待たせてもらうことにした。

ぬるんだ風がふきぬける。さきほどとはべつの座敷へとおされた。じゅうたんは敷いてあるものの、椅子はない。小卓と座布団がおいてある。青貝をちりばめ、黒うるしで仕あげた簞笥《たんす》があった。手彫りの錺《かざり》金具をふんだんにつかっているのが目をひいた。

足音がちかづいてきたと思うまに、唐紙《からかみ》がひらいた。男が酒膳《ぜん》を持ってはいってきた。シャツを着ていても、素肌でいるのとひとしいほどに生まれついてのからだがあらわれている。桜蔵は一瞬たじろいだ。男は桜蔵のまえにすわった。氷につけた冷や酒とさかずきが盆にのっている。それに酢どりの蓮根《はすね》がガラス鉢に盛ってあった。男は手酌をしつつ、部屋の奥にもうひとつある唐紙を指さした。

「むこうに、布団が敷いてある。」

「……だから？」

「とぼけるなよ。わかってるんだろう？　ここがどんな家か。」

桜蔵は廊下へのがれようとして、なにもないところでつまずいた。足がしびれて動かない。感覚がなかった。正座にはなれているはずが、こんなときにかぎって足がもつれた。

「あわてるな。日暮れまえにはじめるほど野暮じゃないよ。だからって、放しもしないけどな、」男は桜蔵のTシャツをつかんだ。「なんだこれ？」背中の蝶を見つけた。「標本だよ。」桜蔵は、さもなんでもないことのようにこたえた。

「へえ、もっとよく見せろ。どこのばかがこんな標本をつくるんだ？　イカれてるな。」男は桜蔵のTシャツをまくりあげ、蝶を指でなぞった。「蝶は頭で数えるんだっけか。……裏とおもてで一頭だな。」男は蝶を数えながらなぞってゆく。指ではなく、……舌で。桜蔵は平然とやりすごそうとしたが、それも四頭目あたりから、あやしくなった。

「……五頭、……六頭、なあ、平気なふりをするなよ。泣かすぞ。」

雷鳴まじりの雨音が気ぜわしい。男は桜蔵をとらえて唇《の》を被せてくる。苦心して、しずめてあるものを根こそぎにもちさられそうだった。一瞬気が遠くなっていた桜蔵の耳もとで、男がささやいた。「あのさ、七頭目のも見せてもらうよ。」

そんなことまで知られている。こんどこそ、本気で逃げなければと思ったのだが、桜蔵の動きはどうしようもなく鈍っていた。たちあがりもしないうち、ふたたび男につかまった。あっさりと裸にむかれる。

「……わかるだろう？　死人にも情事は必要なんだよ。」

雷鳴がいつしか打ちあげ花火の音に変わった。火薬のはじける音が頭上からふってくる。桜蔵は川べりの草むらにうつぶせていた。裸でないことに安堵《あんど》する。祭の世話人らしい人に、気分が悪いなら救護所へ案内しようかとたずねられた。桜蔵は申し出を辞退して、からだをおこした。ざわざわと人が歩いている。川びらきの花火を見物する人たちでにぎわっていた。夜空をみあげる人々の目に、紅《あか》い華《はな》が咲く。

「……桜《おう》ちゃん、」彼を呼ぶ声がきこえた。桜蔵はあたりを見まわした。白地に藍《あい》染めの浴衣《ゆかた》を着た女が、しごきのはしを、幼い児《こ》につかまらせて歩いている。女はその児に「桜ちゃん」と呼びかけたのだ。女が手にする提灯《ちょうちん》の紋は裏桜だった。桜蔵は人波をよけながら、ふたりのあとを追った。

児のほうは、濃紫《こむらさき》の蝶が舞う浴衣をまとっている。花火見物の人がきにふさがれて、追いつけない。やがて、姿をみうしなった。桜蔵は、いつしか一軒の家の門口にたっていた。八疋と、しるした門灯が目につく。「本日臨時休業いたします」の貼り紙をして、戸板をたててあった。桜蔵はいくどか呼び鈴をおしたが、門口にも奥にも人の気配はない。あきらめて、駅へとむかった。


翌日、桜蔵は柾を訪ねて小切手をさしだした。父は額面を見て笑う。「けっこうな、かせぎになったじゃないか。」

「どうせ偽造だろう?」

「どうかな。……それより、背中を見せてみな、」

学校がえりだった桜蔵は制服のシャツとそのしたに着こんでいたTシャツを脱いだ。柾は簡単に診察をすませ、うなぎでも喰《く》いにいくかときく。

「なんだよ。おとしてくれるんじゃないのか?」

「もう、消えてるよ。」父は白衣を脱ぎながら歩き、通りすがりに診察室の鏡をさした。桜蔵はさっそく背中を映してみる。たしかにすっかり消えている。蝶の気配もなかった。

「あの蝶は、おまえの魄《ハク》へじかに刷りこまれたんだよ。洗ってもこすってもおちない、投影図のようなものでね。消すには特別の処方が必要だ。」

「なにを云ってるんだよ。医者のくせして、」

「八疋の亭主に電話をしたら、きのうは急な用事ができて店を閉めていたそうだ。おまえはどこの家を訪ねたんだろうな?」

「……望月って家だよ。若い男が留守番だった。道楽息子ってかんじの。」

「八疋の亭主に息子はいないよ。養子がひとり。だが、その男も亡くなった。もう何年になるかな。」

「……亡くなった?」

桜蔵は柾と連れだって銀行へゆき、小切手を窓口にあずけた。なんの問題もなく現金をうけとることができた。そのうちの半額を旅行費として学校名義の口座に振りこんだ。父とうなぎの店にはいる。勤務中のはずの柾は、すました顔で冷酒を酌む。

「いい男だっただろう？」

「……だれがだよ」

「あの徳利は、やつが自分で焼いたんだ。意中の男を謳《くど》くのにつかうんだと、うそぶいてみせた。ほかの男の話をするのは、すぐに逢《あ》いたいときの手口なんだ。研修医に自由がないのを承知で無理を云う。殴りつけて、しばらく口がきけないようにしておけば、よかったのかもしれないな。……形見分けのときに、望月のおやじさんにたのんで徳利をもらった」

「だから、だれの話だよ」

「すこしだけ、おまえがうらやましいよ。抑圧された欲求を浄化する余地があるんだからさ。死人と交われるっていうのは、若さの特権だな」

「やぶ医者、正気で云ってるのか。イカれてるぞ」

「熱いうちに喰えよ」白焼きがはこばれてきた。柾はこれが好物なのだ。手酌で静かに箸《はし》をすすめる。桜蔵が酌《つ》いでやろうかと声をかけるすきもなく、いつしか、ここにはいないだれかの俤《おもかげ》を追って、黙りこむ。桜蔵は父にかまわず白焼きをたいらげた。

店を出るころには急速に晴れた。梅雨があける。街路は夏の陽に白く灼《や》けてまぶしい。

「おまえはまだ、いくらでもひろってくるんだろうな。いちいち、うろたえるなよ。……そういう生まれつきだと思え。」

「どんな生まれだよ。」

「だから、かんがえこむなってことさ、」

またもやはぐらかされた桜蔵は、柾とわかれて家にもどった。白い紋のある黒蝶《こくちょう》が、廊下をよぎってゆく。庭では千菊が捕虫あみをふりまわしていた。

第5章　瓜喰《うりは》めば

柾《まさき》の車に乗せられ、桜蔵《さくら》と千菊《ちあき》はＳ高原の池畔にあるバンガローへむかっている。母は同行しない。息子たちを旦那《だんな》にまかせ、女友だちとの旅行にでかけた。「左近」は四日ほど休業で、番頭と板前も休暇をとっている。

父親にたいして素直になれない年ごろの千菊は、困らせるつもりで羽《は》ノ浦《うら》がいっしょでなければいかないと主張した。むろん柾はこころよく応じたが、当の羽ノ浦は、ほかの教師のぶんまでひきうけた学校の当直があって休めなかった。

ドライブのはじめこそ、千菊は気乗りのしないそぶりだったが、まよわず助手席に陣どるあたり、実際は父との旅がたのしいのだ。心安く話しかけるわけではないが、柾の手つきやからだの動かしかたをながめて満足そうな表情をしている。桜蔵も以前はそうだった。

柾は最小の動きで人の目を惹《ひ》くことのできる男だ。ステアリング操作やフロントパネルをさわる指さきを見ているだけで退屈しない。ルート取りがうまい。いつも先頭を走っているように思えるドライブは、子どもにとってたのしい。母のひざのうえを卒業した千菊にゆずるまで、桜蔵にとっても父の車の助手席は、いごこちのよい場所だった。

バンガローへ通じる私道の手まえで、桜蔵だけ車をおりた。しばらく留守にしてあったので、空気のいれかえやそうじが必要である。桜蔵がその準備をするあいだ、父と弟は留守中の見まわりをたのんである地区長への、つけとどけとあいさつをすませ、そのまま食事に出かける。桜蔵は弁当をもたされた。

「押し売りに気をつけろ。別荘地にはけっこういるんだ。植木ばさみも消火器もまにあっていると云えよ。」

柾の注意をうけて、桜蔵は自分のデイパックをかついで歩きだした。家族旅行という年齢でもない彼がこのバンガローへ来るのは、ひさしぶりである。

子どものころは泊まるたびにかならず一度は熱をだして寝こんだ。ほてったからだで寝ている彼の枕もとへ西瓜《すいか》をさげた男が見舞いにやってくる。柾ではない。だれかはわからない。熱がさがったのちに母に訊《たず》ねても、そんな訪問者はこなかったと云う。西瓜がほしいわけでもなかった。むしろ、あのにおいと歯ごたえは苦手なのだ。

今回、桜蔵は庭師をかねた別荘番として柾にやとわれた。滞在中は風呂《ふろ》をたてたり、そうじをしたりするほか、敷地内の樹木の手いれや草の刈りこみをする。それによって、日当を得る。日ごろのアルバイトをせずに小金持ちでいられる額のうえ、食事だけは料理好きの柾が材料をそろえて自らこしらえ、後かたづけまでする。桜蔵に断わる理由があるはずもなかった。

公道ぞいの路肩に別荘の番地をしるした杭《くい》が打ってある。そこからさきは私道で、池畔の傾斜《なぞえ》にたつバンガローまでカーブしながらゆるやかにくだってゆく。それとはべつに歩行者用の小道もあるはずだが、留守のあいだに繁茂した草におおわれ、すっかり姿を消している。樹木のかげでバンガローも見えない。

桜蔵は道標がわりの平らな石のうえへデイパックをおろして、バンガローの方角を地図で確認した。草を刈りながら進むはめになりそうだ。ナイフを出して準備をととのえる。

道標のかたわらに、ゴムマリがころがっている。……そう見えたものは、バレーボールくらいの西瓜だった。通りすがりの車の荷台から転げ落ちでもしたのだろう。桜蔵は両手でかかえてみた。トプン、と水がゆらぐような手ごたえがあった。海のにおいがする。彼はたじろいで西瓜をとりおとした。

……子どものころ、あと味の悪い夢を見た。沙浜《すなはま》で、半分うずもれた西瓜を見つけ、ほりだした。子どもの桜蔵にもかかえられるくらいの大きさだったが、一歩すすむごとに重くなり、しだいに歩けなくなった。沙のうえにおろして休憩する。あらためて、西瓜をかかえようとした彼は、それが人の頭であることに気づいた。男が波うちぎわにぐったりと横たわっているのだ。髪のなかから、無数の小さな蟹《かに》があらわれる。声をあげたとたん、目がさめた。

今ここで、桜蔵がかかえそこねた西瓜は、道標のうえにおちた。パックリと皮がさけた。紅《あか》く熟した果肉がのぞく。

どこかは忘れた。幼いころ、桜蔵は泥炭層の断崖《だんがい》がつづく海辺の町へ泊まりがけで出かけた。柾といっしょの旅だった。母や弟がどうであったかは思いだせない。桜蔵は六歳ぐらいだったろう。泊まった海べりの宿で、ひとりの若い男が客死した。

男とはとなりあわせの部屋だった。旅人のくせに、山ほどの本を持ちこんでいた。それも黒ずんだ古本ばかりだ。もう十日以上滞在しているとのことだった。日中はほとんど浜辺に出ない。泊まり客が海水浴に出はらった宿で本を読んでいる。不精髭《ぶしょうひげ》を剃《そ》ろうともせず、身装《みなり》もかまわない。同宿の客たちはしきりとうとましがった。ただ柾だけは、平気な顔で話し相手になる。男は無口なので、柾が一方的にしゃべっている。何の話をしていたのか、桜蔵はおぼえていない。

男は日暮れごろに浜へ出て、闇につつまれる直前のひと気のない海にはいる。いつも裸で泳ぎ、鍵《かぎ》だけを首から吊《つ》るしていた。宿の鍵ではなかった。ひと泳ぎした男は海からあがるさい、水滴をぬぐいもせずに宿の浴衣《ゆかた》をはおってもどる。そのせいで、番頭はいつも渋面だった。

ある夕、海へ泳ぎにでた男は、晩になってももどらなかった。溺《おぼ》れたのではないかと危ぶんで、手わけして捜索をはじめた。まもなく、男は変わりはてた姿で発見された。宿の玄関に、担架ではこびこまれる。裸ではなく、きちんと服を着ていた。髭も剃ってあり、白い肌が目立った。

遺書はなかったが、自殺だろうとおとなたちはささやきあった。頭が割れていた。西瓜のようだとだれかが云い、桜蔵の耳にそのことばがのこった。おそらく、そのせいで男の骸《むくろ》をほりだす夢など見たのだ。

桜蔵は小道にはびこるつる草をナイフで切りおとしながらすすんだ。やがて、木々のなかにバンガローが見えてきた。

玄関とびらをあけたとたん、軒からおちてくるものがあった。桜蔵は思わず首をすくめた。えりもとへ、なにかがすべりこむ。肌をくすぐるその感触に寒気をおぼえたが、おちついてながめてみれば、ただのつる草だった。軒屋根ではびこっていたものが、つりさがってきたのだ。桜蔵はそれをむしりとってバンガローのなかへはいった。

まずは雨戸をあけ放ち、風通しをした。ウッドデッキのついたリビングのほか、寝室が二つとロフトがひとつ、それにキッチン、風呂、トイレがある。このバンガローへ柾の正妻はやってこない。彼女はもっと高級な別荘地で夏をすごしている。夫の別宅がよいをみとめ、そこに息子がいるのも承知なのだから、奇妙な夫婦だ。

桜蔵はさっそく仕事にとりかかった。日ざしのあるうちに、シーツやカバー類を洗たくし、寝具やクッションを半ひかげへ持ちだしてならべる。羽毛の掛け布団は直射日光にあてず、風通しをする。ほこりをはらい、ざっと、ふきそうじをすませたのち、床にワックスをぬる。仕上げにからぶきをした。白いキッチンクロスや食器類は消毒と漂白をかねて日なた水につける。昼食をとって、草刈りをはじめた。

「ごめんください。」

枝の茂った垣根ごしに声がかかる。男の声だった。桜蔵はつる草を刈っていたナイフの手をとめて、ふりかえった。学生ふうの男が青じろい顔をのぞかせた。

「西瓜はいかがですか? けさ、収穫したばかりの新鮮な西瓜です。このしたの道路にしばらく車をとめていますので、よろしければおたちよりください。なすやきゅうりなどの夏野菜もあります。」

あまり商売なれしていないらしく、棒読みの売り口上だ。別荘地で西瓜を売るつもりなら、十玉ほどさげてくるぐらいのパフォーマンスが必要だ。桜蔵はともかく、ほかの住人ならば、若者の意気ごみをかんじて買ってくれるだろう。

桜蔵は柾の忠告があったので、いらないと断わった。男はあっさりあきらめ、となりの敷地へむかった。がさがさと夏草のかわいた音が遠のいてゆく。やや離れたところで、呼び鈴が鳴り、とびらのひらく音がした。やりとりがある。聞きとれないが、住人の反応はかんばしくないようだ。パタンと、とびらがしまる。犬の吠《ほ》え声がする。夏草がさわぐ。そのうち蟬の声だけになった。

草刈りとそうじをすませ、さらに洗たくものを庭さきのロープにつるした桜蔵は、ウッドデッキに寝椅子をひっぱりだした。さるすべりが花ざかりで、そのしただけ木かげができる。彼はそこで横になった。ときおり花がふってくる。くすぐられるようだった。

刈りこんだ垣根ごしに小道が見えた。さきほどの西瓜売りの男がとぼとぼと歩く。シャツが紅く染まっている。血がにじんでいるのだ。自分で気づいていないのかと、あやしむうちに男は地面にくずおれた。桜蔵は室内へかけこみ、常備の救急箱をつかんで小道へ走りでた。

「どうかしましたか？」柾がいればなおよかったのだが、止血くらいは桜蔵にもできる。

「……いや、たいしたことはないんです。ご親切にどうも。」

男はけがの程度も判断できないようすだ。ひたいから血が流れている。首には、かわいた血がこびりついていた。桜蔵は男を庭さきへ案内して、ウッドデッキのはしに腰かけるよううながした。

流れる血をガーゼとタオルでぬぐった。おかしなことに、男のひたいに傷口はなかった。見たところ、首にもからだにも傷はない。だが、シャツは血だらけなのだ。桜蔵はなにかやっかいなものをひろってしまったのだと悔やんだ。本人に傷がないとしたら、だれかを傷つけて返り血をあびた可能性がある。

男は凶暴な人相はしていない。だからこそ、あやしくもあった。

「失礼ですけど、この血はどうしたんですか？」桜蔵は血をふきとったタオルをしめしながらたずねた。

「……それが、なにもおぼえがなくて。」

「車に乗って来られたんですよね？　西瓜《すいか》をつんで、」

「……たぶん、」

男はよろよろと立ちあがる。「お世話をかけました。……車にもどります。」

「医者へいったほうがいいですよ。」

「……ええ、」あいまいにこたえ、男は小道へ出ていった。だが、どちらへむかうべきかをまよっているようだ。足もとがふらふらしている。休んでいってはどうかと桜蔵がうながすまえに、ふたたびうずくまった。

「おとなを呼んできますから、ここで横になって待っていてください。」桜蔵は男をウッドデッキの寝椅子に案内した。

　バンガローに電話はない。桜蔵は小走りに地区長の家へいそいだ。警察へ通報したほうがよさそうだ。さいわい、とちゅうで柾の車とゆきあった。電話より、けが人をさきにみようと云う。だが、彼らがバンガローにもどったとき、男の姿はなく、寝椅子はからだった。

「おかしいな。歩けそうもない感じだったのに。」

「だまされたんだな。おまえを遠ざけるのが目的だったんだろう。私が詐欺師でもそうするな。盗み放題だ。」柾はあけはなしの窓や玄関をさす。桜蔵はあわててバンガローのなかを点検した。男の血を見て、つい油断をした。

　室内に荒らされたようすはなく、桜蔵の財布も無事だった。ほっとして、ウッドデッキにもどった彼は、そこに鍵がおちているのをみつけた。古い鍵らしく、すこし錆《さ》びていた。

千菊は父から風呂《ふろ》にさそわれ、よろこんで応じた。桜蔵はもはや柾といっしょに入浴などはしない。父といえども、男を物色する手あいだ。妻がいるのは社会的な体面を確保するためにすぎない（と桜蔵は思っている）。

「左近」の女将《おかみ》との関係も桜蔵にはなぞだが、はっきりしていることもある。子どもにはまるで欲望をいだかない男なので、千菊の年ごろでは裸になろうが、いっしょに入浴しようが、まだなんの問題もない。

それに、千菊はあきらかに柾の実子なのだ。顔だちがよく似ている。桜蔵は手つづき上は柾の子であっても、血縁関係があるかどうかはあやしい。子どものころから疑っているが、真実を知りたいわけでもない。

桜蔵にとって、柾は父であるまえにひとりの男なのだ。あるいは、親子という枠《わく》を超えた、男という意味での父である。身体的な意味でよりも、いつも意識のなかにあり、その言動と、たたずまいによって桜蔵をつつみこんでいる。それは昔から変わらない。

桜蔵は洗たくものや布団をとりこみ、それぞれの寝室へはこんだ。シーツも枕カバーも日なたのにおいがする。柾の手料理で夕飯をすませた。千菊は来しなにドライブインで買いこんだ花火をしたいと父にねだり、ふたりで池畔にむかった。

桜蔵は居のこって、風呂にはいる。球《たま》切れらしく、あかりがつかない。だが月あかりでも、じゅうぶんだ。そのままはいることにした。井戸ではなく、共同水道なのだが、山間《やまあい》にあって水の出はよくない。窓をあければ蛾だの黄金虫《こがねむし》だのがまぎれこむ。千菊は平気なので、彼のあとではいる風呂は、甲虫との混浴になることもしばしばだ。

覚悟はしていた。だが、さすがの桜蔵も黒い影がするするとかべをよじのぼって窓のそとへ消えるのを目撃したときは声をうしなった。しばらく風呂場の入り口にとどまり、なかのようすをうかがった。ガラスごしにつる草がゆらいでいる。目の錯覚だったかもしれない。風呂場のすみずみに目を凝らしたが、なんの気配もなかった。

湯船にも、なにかがひそんでいるのではないかと疑いたくなる。ふるめかしくつくったタイルばりの浴槽だ。あやしい影がないか、のぞきこむ。得体の知れない影にくらべれば、墜落した灯《ひ》とり蛾が湯の面に鱗粉《りんぷん》をふりまいているのくらいは、まだ可愛らしく思えた。

桜蔵は手ばやく湯をあびて風呂をでた。足もとがふらつく。湯あたりしたのかと疑いながら、リビングのソファへ横になった。めまいがする。また、いつもの発熱のようだ。このバンガローには彼の調子を狂わせるなにかがある。ひと眠りすることにした。だが、彼は室内の人影に気づき、とじかけたまぶたをむりやりひらいた。

「……だれだ？」

西瓜売りの男がたっていた。玄関の戸じまりをしたつもりだった桜蔵は、窓に視線を走らせた。そこもすでによろい戸《ど》をとじ、鍵《かぎ》をかけてあった。男はずぶぬれだ。からだじゅうから、しずくをしたたらせた姿で、他人の家にあがりこんでいる。桜蔵は雨がふりだしたのかと耳をそばだてたが、雨音はきこえなかった。海のにおいがする。

「……鍵をご存じないですか？　ここにあるはずなんです。」

「そんなことより、あんたはどこからはいったんだよ。」桜蔵は荒っぽい口調できいた。用件がなんであれ、だまって他人の家にはいった男に丁寧語で話す必要はない。

「大事な鍵なんです。」男はすがるように云う。桜蔵はとぼけるつもりだったが、鍵をわたせば出ていくだろうと思いなおして、ウッドデッキのところでひろった鍵をみせた。

「これのことかな？」

「……そうです。まちがいありません。ありがとうございます。長いあいだ、さがしていたんです。」男は礼をのべ、鍵をにぎりしめて玄関から出ていった。シャツを着た白い背中が小道をのぼってゆく。桜蔵はその背が闇のなかに消えるまで見とどけ、とびらの鍵をかけた。

床に点々と、足あとのかたちの黒いしみがある。あの男が泥だらけのままはいりこんだからだ。桜蔵は床にひざをついて、玄関さきからつづいているしみをぬぐった。沙《すな》も散らばっている。腹だたしいことに、ロフトへあがるはしごのさきへも点々とつづく。桜蔵はとうとう自分の寝室としてあてがわれたロフトのまえまで、ぞうきんがけをするはめになった。

ねんのために部屋のひき戸をあけた。ふるびた平机がある。そんなものは昼間にはなかった。破れたふすまと、古畳にもおぼえはない。ここは板の間のはずだ。本やノートがちらばっている。背後で戸がしまる音がした。桜蔵はあわててふりかえった。その戸には小窓などなかったはずだ。ひしがたに小さく切ってある。あやしむうちに、ガラスのむこうを人かげがよぎった。

異変をかんじて部屋をでた桜蔵は、さらに困惑した。そこはもはやバンガローではなかった。ふるびた家屋の廊下である。むかいあっていくつもの小窓つきの戸がならんでいる。アパートのつくりだ。白いシャツ姿の男が廊下の奥の玄関へむかう。西瓜売りの背中とそっくりだ。桜蔵はいぶかしみながら、あとを追った。

まずはそとへでて、ここがどこなのかをたしかめ、それからバンガローへもどる方法をかんがえるつもりだった。アパートの玄関をでたとたん、彼は一歩目でバランスをうしない、二歩目でからだの半分が深い泥のなかに沈んだ。そのまま動けなくなる。波がよせる。泥のなかをぬけだせない桜蔵は、まともに波をかぶった。潮の味だった。

「気をつけて。」背後で声がした。桜蔵の両脇をかかえ、海水のなかからひきあげてくれた。西瓜《すいか》売りの男だった。

「……どうしてこんなところに海が、」

「脱いで。」

「……な、」

「その泥じゃ、どうにもならないだろう？　かわいたら、もっとやっかいだよ。」

桜蔵は着ていたジャージを脱いだ。すかさず頭から水をあびせられた。男はバケツの水を用意していたのだ。二杯、三杯と、桜蔵はつづけざまに水をかけられた。つぎに毛布が飛んでくる。彼はそれをひろげてくるまった。

「ここは、友だちが暮らしていたアパートなんだ。もう十年もまえのことだけどね。……ぼくら、ふたりとも、おくびょうだったから、たがいの気持ちはわかってるのに、キスもしたことがなかった。あの日、訪ねる約束をしていた。一本だけバスに乗りおくれてきてみたら、……なにもなかった。この鍵だけが、ここにぶらさがっていたんだ。」

西瓜売りの男は、花ざかりのさるすべりの木をさした。小さな蜂が群れ、ささやくような羽音が聞こえた。

いきなり内輪の昔話をされても、桜蔵にはなんともこたえようがない。真也《まや》の顔が頭に浮かんだ。彼女の夏の集中講座が終わったら逢《あ》う約束をしている。あと三日。だが、なぜだか遠いはてのことのように思えた。

「きみは、いるのかな。キスするような友だち、」「一応は、」「どんな男?」「……女だよ、」

西瓜売りはあきれたような顔をする。「……まさか。そのからだで。ずいぶん、もったいないことをするんだね。」

「どういう意味だよ。」

「べつに、意味はないよ。感想を云っただけだ。」

「バンガローへもどりたいんだけど、」桜蔵は、ふきげんにつぶやいた。

「……そう……だよね。きみはまだ若いから、死にたくはないだろうね。……悪いことをした。道づれにするつもりはなかったのに、がまんできなくて。もとの場所へもどるには、むこうにいるだれかに魂を素手でつかまえてもらう必要があるんだ。すまないけど、ぼくにはその力がない。女の子はだめだよ。女性は現実的だから、魂のありかなんて見えない。……きみなら、男がいるはずだ、」

「いるわけないだろ、そんなもの、」

火の粉がふってくる。桜蔵の足もとが熱くなった。彼は立っていられずに跳びはねた。

あちこちの窓から火の手があがっている。アパートが燃えているのだ。屋根がくずれおちる。桜蔵はバケツに水をくもうとしたが、底がぬけていた。火勢は止まらない。燃えたつ木片や熱した瓦《かわら》が舞いあがり、炎につつまれて紙のようにめくれたかべが、かぶさってくる。

よけ切れないと思った瞬間、彼のからだは強い力ではじき飛ばされた。そのまま、泥水にのみこまれた。さきほどよりもやわらかい泥が、桜蔵のからだをとらえた。声をあげるまもなく、つつみこまれる。呼吸ができない。這《は》いあがろうともがくほど、深く沈んでゆく。

だれかが桜蔵によりそった。抱きしめられる。……ここちよかった。波の音に似た間断のない音がきこえる。ゆるぎのない鼓動だ。桜蔵は耳をそばだて、その音にききいった。……この音はよく知っている。だれかの唇が彼の唇と重なり、息をふきこんだ。呼吸が楽になる。手あしの力をぬいてもいいのだと思えた。

冷たいものが、首すじに触れている。桜蔵は毛布にくるまって横たわっていた。冷たい感触は氷枕だった。

「湯あたりでたおれるほど、長風呂《ぶろ》するなよ、」遠くで柾の声がする。桜蔵は室内を見わたした。バンガローのリビングだった。ソファに寝かされている。

「蔵兄《くらにい》も食べれば？　おいしいよ。」千菊が西瓜の皮をほほにおしつけてくる。

「……どうしたんだ？　これ、」口をもぐつかせている千菊は、キッチンにいる柾をふりかえった。

「花火をしてもどるとちゅうに、西瓜売りと出喰《でく》わしたんだよ。」千菊にかわって柾がこたえた。

「こんな時間に？」

「売れのこったのを持ち帰るところだったんだろう、」

「のこりものでも、おいしいよ。」千菊はすました顔で西瓜にかぶりつく。種も食べてしまう。

柾がコーヒーをはこんできた。テーブルにカップをおきながら、桜蔵の耳もとで笑い声になる。

「おまえ、あられもないかっこうでたおれてたんだぜ、床に。風呂からあがるときは下着くらいつけてこいよ。子どもじゃあるまいし。……でもまあ、おまえが男だってことはわかったけどな。」

桜蔵は返すことばがなかった。柾はソファでうとうとしはじめた千菊に、もう寝ろとうながした。つきそって洗面台へせかし、それから寝室へゆく。桜蔵は柾がもどるのを待ってたずねた。

「……あの鍵《かぎ》、柾のしわざなんだろう。おかげで、おかしな夢を見た。」

「ひろったんだよ。ずっと昔に、海で。」

「へえ、柾でもゆきずりの男をひろうことがあるんだな。」

「……おまえがだよ。沙浜で遊んでいて、見つけたんだ。まえの晩にその海で死んだ男が、いつも首からぶらさげていた鍵だった。家の鍵だろうと思ってしらべたら、火事で焼けたアパートの鍵でね、男の友人がそこで亡くなっていた。」

「……そのアパート、」

「ああ、ここに建っていたんだ。いつかとりにくると思ってたよ。けっこうおそかったな。おまえが育つのを待ってたのかも。」

「なんでだよ。」

「死人にも好みがあるからだろ。喰われたくなかったら、蛙《かえる》のふりでもしてろ、」

柾は勝手なことを口走り、はやく寝ろと云って自分も寝室へひきあげた。桜蔵はぼんやりと見おくった。

……まさか、そんな理由でここにバンガローを建てたわけじゃないよな。そうききたいのを、こらえた。柾はときどき、常識では説明のつかないことをする。そもそも、泥水のなかで桜蔵をかかえていたのは、西瓜売りの男ではなかった。

二泊して家にもどる。その後、西瓜売りはあらわれなかった。後日、柾が古本をおくってよこした。桜蔵は栞《しおり》がはさまっているページをひらいた。「人来たら蛙となれよ冷《ひや》し瓜《うり》」という一茶の句があった。

第6章　雲母蟲《きらむし》

秋の彼岸である。「左近」では檀那《だんな》寺で法事をいとなむことになっていた。土曜日なので、桜蔵《さくら》は授業のあとで顔をだす。そのさい、千菊《ちあき》も連れてくるようにと母から云いつかり、中等部の教室を訪ねた。すでに姿はなく、いあわせた同級の生徒が東棟へむかうのを見たと知らせてくれた。

校舎のなかで、最も古い建物が東棟だ。図書室のほか、理科系の教科の実験室や準備室などがある。ふきぬけになった階段の踊り場に、かなりひろい階段室がついていた。資料室としてつかっているそこに、生物部の部室もある。たいてい入り口の鍵はかかっていないが、好んではいる者もいない。害虫と呼ぶべき生物が平気で放し飼いにされているからだ。その天敵である小動物もひそんでいる。

桜蔵は、とびらをあけるまえに、かるく蹴《け》った。小窓ごしに腹を見せているヤモリがおちた。はいってすぐ、蚊帳《かや》のようなあみが、いくえにも目のまえにたれさがる。それらをかきわけて歩いた。いつなだれおちたのかもわからない印刷物が、戸だなからあふれて進路をふさぐ。くずれたばかりならば、警戒が必要になる。ちかくで潜伏中の小動物がいるはずだ。

右手に奥まってゆく長方形の部屋である。つきあたりの、かべぎわだけが生物部のスペースで、ほかは大小のたなに占領されている。複雑に仕切られた通路は迷路のようだ。どのたなも、番号札だの名札だのをぶらさげたつつみや紙の束でうずまっている。

ほとんどが生物部とは関係のないものばかりだ。寄贈品や歴代校長の収集品など、始末に困った校内のあらゆるものが流れつく。さらに小階段をのぼったさきの屋根裏は、収蔵庫になっている。

学校の創設者は生物学者だった。その一族にも研究者が多い。ゆかりの博士がひとり亡くなるたび、遺品の標本や蔵書の寄贈を受ける。東棟の階段室は、もともとそのためにある。生物部の活動が盛んなゆえに専用の部室をあたえられたわけではない。今のところ、部員は千菊とその同級生の三名だけだ。新任の羽ノ浦《はうら》は、うっかり生物部の顧問になったばかりに、長らく放置されてきたこの部屋の整理をおしつけられた。

桜蔵は階段室の奥までたどりついたが、羽ノ浦も千菊も不在だった。ほかをさがすことにして踵《きびす》を返したとき、屋根裏でもの音がひびいた。ドンドン、と収蔵庫の内がわでとびらをたたく。

「……だれかいるなら、このとびらをあけてくれないか。」

男の声がする。羽ノ浦とはちがう。桜蔵は小階段をのぼって収蔵庫のとびらのまえに立った。麗々しく、しっくいのかざり縁《ぶち》をほどこした木製のとびらがある。把手《とって》をまわしたが、半分しかまわらない。鍵《かぎ》がかかっていた。

「どこかに鍵があるはずだ。とびらのうえあたりに、」さがしてくれと云わんばかりの口ぶりに、桜蔵はいくらか反発をおぼえた。

「おれは部外者だから、勝手にさわれませんよ。ここの顧問にことづてます。そちらはどなたですか。」

「冷たいな。かたいことを云わずにたのまれてくれよ。顧問にはあとで報告すればすむことだろう？　人がひとり、閉じこめられてるんだぜ。鍵があるかどうかぐらい、たしかめてくれてもよさそうなものだけどな。」

いよいよあつかましい。桜蔵はどうせ鍵などないものときめつけて、とびらのうえを手さぐりした。しっくいのかざり縁は五センチくらいの厚みがある。やっかいなことに鍵はそこにあった。ないと云って立ち去るつもりだった桜蔵のおもわくははずれた。

仕方なく、鍵穴にさしこんでみる。運悪く、このとびらの鍵だった。桜蔵はかべがわに、からだをよけてとびらをあけた。なかの男はすぐに飛びだしてくると思ったが、しん、として物音もしない。ふるびた書物の湿気がただよった。

「……出ないなら、しめますよ」庫内をのぞきこんだ彼は、ふいに胸苦しくなった。息がつまる。目のまえが真っ暗になり、わずかに意識がとぎれた。なにがおきたのか、とっさに判断はつかなかった。カビくさい空気がただよっている。バタン、ととびらがしまった。そとから鍵をかける音がする。桜蔵は穴に鍵をさしたままにしていたのだ。

「悪いね。こうしないと出られない身のうえでさ。きみのからだはもらったよ。なかなか具合がいいや。」

「………、」

「こんどはきみが、そうやってカモを待ちつづけるんだよ。おれは十年待ったんだぜ。……どうだ、この声。きみの声だよ。けっこう麗しいね。」

収蔵庫は闇だ。鍵穴からもれる一筋の光によって、とびらのありかだけはわかった。身体感覚は消えている。桜蔵は自分のからだにふれようとして、はたせなかった。重さをかんじない。意識はあるのに、からだとつながらない。すぐそこにある、とびらの把手をつかめないのだ。抗議をしようにも、声をうしなっている。だが、光は見える。臭覚もある。鍵穴のそとへ意識をむけることもできた。だれかが部室のとびらをあけた。足音がちかづく。

こえた。

「蔵兄《くらにい》、ここにいたの？　ねえ、たのむよ。三百円かして、」千菊の声だ。耳も正常に聞

「なににつかうんだ？」とびらのそとにいる男がたずねた。

「購買部に注文してあった本がとどいたんだけど、けさ、学級費をはらったからお金が足りなくなったんだよ。休みのあいだに読みたいんだ。三百円だけかしてくれないかな？」

千菊はそこにいる男を兄だと信じて疑わない。だが、実際の兄は収蔵庫にとじこめられている。小階段をきしませ、男はしたへおりてゆく。桜蔵にできるのは、鍵穴からそとをのぞくことだけだ。なに者かが、彼になりすましている。〔千菊、だまされるな。そいつはおれじゃない〕むろん、その忠告は千菊にとどかない。

桜蔵の姿をした男はズボンのポケットをさぐった。……ばか、そんなところにないよ、と桜蔵はつぶやいた。彼はズボンのポケットに財布をいれない。「左近」の帳場の経験から、そういうところへ財布をしまう客人は強欲で吝嗇《けち》だという偏見を持っていた。

浜尾《はまお》や柾《まさき》は上着のかくしに、ごくうすい財布をいれている。しかも彼らは、ひとまえで財布をあけるようなことがほとんどない。むろん、支払いはしているのだが、いっすませたのかを悟らせない。そういう男たちを身ぢかにしている桜蔵なので、自分でも財布は上着のポケットにしまう。ただし夏服の今は上着がなく、袖章《そでしょう》の当て布のしたへおりたたん

だ札をねじこんである。小銭はコインホルダーにいれ、ベルトへつるしていた。

男はコインホルダーをみつけたが、こんどはとりだしかたがわからないようだ。てこずったあげく、ホルダーごとはずして千菊にわたした。

「ありがとう。バス停で待っててね。購買部へよったらすぐいくよ。」

千菊は小走りに部室をでてゆく。その足音が遠ざかったのち、あらたな人物が部室を訪れた。羽ノ浦だ。いつもどおりの、白衣姿だった。

「……ああ、きみか。」教師はかかえていた木製の模型を作業机のうえにおいた。中学の理科でつかう山地や川の模型だ。「こわれているから、修繕しようと思ってね。」教師は窓の日よけをおろし、作業机に直射日光があたらないようにする。つづいて戸だなのひきだしをさぐり、工具をえらんでいる。

桜蔵になりすました男は、その背後へちかづいた。教師のからだをかすめて腕をのばし、ひきだしのなかからノミをつかみだした。ふりむいた羽ノ浦につきつける。

「ここは、情事にふさわしい部屋だよな。先生もそう思わないか?」一方の手で羽ノ浦のからだをさぐる。白衣のなかへ手をさしいれ、肩や胸をなでまわす。しまいに、ベルトに指をかけた。桜蔵には男の背中しか見えないが、どこをさぐっているのかは、かんがえるまでもなかった。桜蔵は男に罵声《ばせい》をあびせた。むろん、彼の声はそとの男たちにはとどかない。

羽ノ浦のめがねがおちた。桜蔵はそれをきっかけに教師が豹変《ひょうへん》するだろうと期待したが、そんな気配はなかった。ノミをつきつけられ、なすすべなくからだにふれられている。しまいにふたりとも床へたおれこんだ。男は羽ノ浦によりそい、こばむ相手をつかまえて強引にキスをする。

桜蔵はもはや、いきどおる気力もない。彼のからだをつかってなされる醜態に打ちのめされていた。鍵穴をのぞく桜蔵の視界から、男たちが消えた。だが、男が羽ノ浦に指図するるばかげた声は聞こえた。桜蔵は意識のそとへ音を追いやった。やがてなにも聞こえなくなる。

だが、それは一時的なことでしかなかった。桜蔵は、シャッターを切る音を耳にした。うめき声がもれたあと、カメラをかまえて立ちあがったのは羽ノ浦だった。平然としたそのようすは、すでにいつもの教師ではない。足もとを何度か踏みつける。桜蔵のからだがそこにあるのだろう。

今や、羽ノ浦が優位なのはあきらかだ。いつのまにか、立場は逆転した。男の気配は消えている。ほっとしたのもつかのま、羽ノ浦は机のしたをさぐり、なにかをひきずりだした。桜蔵は自分のからだがあられもない姿で床に転がっているのを目にした。喚《わめ》き声をあげたが、意識は暗闇に吸いこまれた。どこかへ落ちてゆく。やがて、からだに衝撃があった。

「……蔵兄、」

千菊がかけよってくる。桜蔵は小階段を踏みはずしておちたのだ。たいした高さではない。階《きざはし》でひじを打ちつけた。その痛みがあるくらいだ。

「なにやってるの？　ぼくはずっとバス停で待ってたのに。おくれたら、またおかあさんにこごとを喰《く》うよ。」

「……べつになにも……してない。ちょっとめまいがしただけだ。」

桜蔵はひじをさすりながら立ちあがった。ありがたいことに、裸ではなかった。シャツは裂けてもいないし、踏みつけられた痕《あと》もない。彼は制服のほこりをはらって、千菊といっしょに部室をでた。教師の姿はなかった。

「羽ノ浦は？」

「先生は二限目の授業のあとで、萬来《うるき》さんに呼びだされて、そのまま帰ってこないんだよ。」千菊は顔をくもらせた。萬来家は、学校に隣接する小金持ちで、ことあるごとに苦情を云ってくる。呼びだした教師を板の間に正座させ、自分は酒をのみながら何時間も説教をする。なかなか帰さないことで有名だった。過去にはそのまま病院へかつぎこまれた教師もいる。

「休み時間にだれかが蹴《け》ったボールが萬来さんの敷地に飛びこんで、あすこのご隠居が丹精した盆栽の鉢をひっくりかえしたんだって。二百万くらいするサツキなんだ。弁償しろって電話で怒鳴りこんできて、それで昆《こん》先生が謝罪にいったんだよ。でも、だれがボールを蹴ったかはわからないんだ。だれも蹴っていないと云うし、ボールだってちゃんと全部体育倉庫にしまってあったんだ。校庭にネットをめぐらしてから練習するってきまりなんだから。守ってるんだよ。だけど、サツキがおれたのも事実で、校章いりのボールも庭でみつかったんだ。」

バスを待つあいだに、千菊はそんな話をする。つまり、羽ノ浦は萬来家を訪ねたまま、三時間ちかくたった今も家のなかで足どめされている。生物部の部室に顔をだすはずはないということだ。

あれは夢だったのだろうと、桜蔵も納得しかけた。バスがちかづいてくる。運賃の小銭を用意しようとした彼は、コインホルダーがないことに気づいた。

「ああ、ぼくが持ってるんだよね。ごめん。借りたままだった。」

千菊は、コインホルダーをよこした。

「……本は買えたのか？」

「うん。借りたぶんは家に帰ったらかえすよ。」千菊はバス代は持っているのだと云い、自分で支払った。渋滞もふくめて三十分ほどバスに乗る。そのあいだ、桜蔵は悶々《もんもん》とすごした。千菊が小銭をかりにきて、コインホルダーごとわたしたところまでは現実のようだ。だが、そのやりとりを、桜蔵は収蔵庫のなかで目にした。意識はからだから、はなれていた。それが錯覚だとするなら、つづいておこったばかげたできごともすべて彼の妄想になってしまう。それは認めたくなかった。

バスのなかで、千菊は買ったばかりの本をさっそくとりだしてひろげた。手がきの図版による昆虫図譜だ。ページをめくる途中、がっかりしたようすで嘆息をもらした。

「蔵兄、ひどいよね、これ。買ったばかりの本なのに虫喰いがあるんだ。こういうのって交換してもらえるのかな?」

千菊がしめした図版のかなりの部分に、ミミズが歩きまわったような痕があった。紙魚《しみ》に喰い荒らされたのだ。

「乱丁でも落丁でもないのは、断わられるかもしれないな。」

「やだよ、虫喰い痕のある本なんて。」

千菊は虫喰いの図版を凝《じ》っと見すえ、それから本をとじて、かばんのなかにしまった。かばんを押さえつけるこぶしに力がはいっている。不服なのだ。バスがゆれた拍子に、そのこぶしのうえにぽたぽたと涙がおちる。

三千いくらという書籍代は、十二歳の千菊にとっては、高価なものだ。彼らしく、すこしずつこつこつとこづかいをため、やっと手にいれたにちがいなかった。

「かしてみな。版元に交渉してやるから、」

桜蔵は本の奥付をたしかめた。「なんだよ、これ。十年もまえの版じゃないか。改訂もしてないんだな。」

版元の電話番号を手帖《てちょう》にひかえる。バスをおりたのち、千菊には母のところへ先にいくように云い、桜蔵は公衆電話をみつけて版元へ連絡した。交換には応じるが、それはたしかに最近購入した本かと逆に問われた。去年改訂された最新版が流通しているはずだと云う。日付いりの領収書をつけて送ることで、交換の返事をとりつけた。


週あけに郵便局の窓口へ出すまで、桜蔵は本をあずかっておくつもりだった。食べかすなどをおとせば、とうぜん交換はしてもらえない。だが、千菊は「すこしだけ」とねだって、家に帰りつくなりひろげて読みはじめた。桜蔵はさきに湯をあびることにした。

「左近」は法事のために夕方まで休んだが、晩は営業する。泊まり客も到着した。内風呂《うちぶろ》の湯船にいる桜蔵の耳にも、階段をのぼりおりする足音や話し声が聞こえてくる。

風呂をあがって廊下へでようとした彼の目のまえを、ぼんやりした千菊が浴衣《ゆかた》姿でとおりすぎた。弟は裏階段の戸口をあけてなかにはいる。そこは二階の納戸と通じているが、ふだんはつかわない。綿のうちなおしや、かげぼしで布団をはこびだすときだけつかうのだ。

「……千菊、」呼びとめたが、反応はなかった。いぶかしんだ桜蔵は弟のあとを追った。納戸をぬけて、浮瀬《うかむせ》の間へむかう。名のとおり、虎になりやすい客人を迎える部屋で、さわぎがよそへひびかないよう、ほかの客間とは納戸でへだたっている。

廊下においた行灯《あんどん》があかるいのは、客人を迎えている印だ。今夜はどんな虎がいるのか、桜蔵も知らない。千菊はなんのためらいもなくその部屋の仕切り戸をあけ、声もかけずになかへはいった。いよいよ尋常ではない。日ごろの千菊は営業中の「左近」の二階へあがることはない。からだつきは子どもっぽくても、そのくらいのわきまえはある。

桜蔵は浮瀬の間の戸口にひざをつき、仕切りごしに声をかけた。

「おくつろぎのところ、失礼いたします。宿の者です。……よろしければ、箸《はし》やすめに焼き栗などお持ちいたしますが。」桜蔵は番頭の口ぶりをまねた。宿が宿だけに、ときおり客間をおとなうのも仕事のうちである。度をこす客もあるからだ。

「……そうだな。もらおうか。できれば、ゆで栗のほうがありがたいな、」かえってきた声に、桜蔵は戦慄《せんりつ》した。収蔵庫で、とびらをあけてくれと彼に頼んだあの声だった。恨めしいその口調を、聞きちがえるはずもない。桜蔵は仕切り戸をあけるのをためらった。そのうち、むこうで笑い声がもれた。

「この小さい子のからだで間にあわせようと思ったんだけどさ、ちょっと酒をのんだだけで、足もとがふらつくんだ。やっとここまでたどりついて脚をひろげてみたら、なんとも可愛らしい栗虫だしさ。……これは、ぜんぜん、」男が云い終わらないうちに桜蔵は浮瀬の間の仕切り戸をあけた。だが彼よりはやく、かたわらをはしりぬけた者がある。羽ノ浦だ。顔を見たわけではないが、桜蔵はからだつきでそう判断した。

男のうめき声が聞こえた。部屋に踏みこんだ桜蔵が目にしたのは、あおむけでまぶたをとじた千菊と、たてひざで見まもる羽ノ浦だけだった。その横顔はめがねをかけていない。

「よく眠ってるだけだ。心配はないよ。」

「……あの男は？」

するとと羽ノ浦はふたつきのガラスびんをさしだした。「ここだ。」そう云われて、桜蔵は目をこらした。銀毛を生やした小さな虫がいる。体長は一センチにみたないほどだが、触角が長いので存在感はある。

「飼ってみるか？　一年くらい喰わせなくても平気だ。このまま、飢えて死ぬのを見物してもいい。生かすつもりなら、たまにとりだして、素肌を這《は》わせてやれ。こいつはそれで満足するんだよ。からだを乗っとられない方法は教えてやるさ。」

「……そんなこと、したいわけはないだろう、」

「だったら、おれがもらっておくかな。この界《よ》では、シミもダニもつかいようだ。」

「始末しろよ、そんなもの。」

「簡単に云うね。きみだって、あの男の声を聞いたんだろう？　もう無縁ではいられないよ。彼がなに者かは知らない。どうせロクな生きかたはしなかったろうさ。こんな虫けらにとどまるくらいだ。死人のだれもが無条件で極楽浄土へたどりつくわけじゃない。海の闇にしずんだり、下等な虫に喰《く》われたりもする。そこをぬけだして浄土へわたるには、生きた人間とまじわって穢《けが》れをおとす必要があるんだよ。あわれな男に情けをかけてやれ、」

羽ノ浦は桜蔵にびんをよこした。彼はそれを受けとらず、千菊の腕をつかんだ。「ほら、部屋へもどるぞ。こんなところで寝るなよ。かぜをひくだろう。」

千菊は目をこすりながら、からだをおこした。「……知らない人の声がして、酒を持ってこいって云われたんだ。」寝ぼけているのをうながして、歩かせる。ぽたぽたと水がたれる。見れば、千菊がかかえている本からしたたっている。酒のにおいがした。これでは交換できない。

休みあけの学校で、桜蔵は千菊には知らせず購買部におなじ本を注文しにいった。すると、事務員がわびを云う。「弟さんに、まちがったつつみをわたしてしまったんです。こちらがご注文の本でした。すみません。」

桜蔵はさきに受けとった本をかえしたが、購買部でも、だれがその本を持ちこんだのかは、わからないのだと云う。収蔵庫の蔵書がまぎれこんだのだった。検印が押してある。

桜蔵は昼休みに生物部の部室を訪ねた。白衣を着て、めがねをかけた羽ノ浦がいる。

「……ああ、そうだった。整理中に紙魚に喰われた痕《あと》を見つけて、かげぼしするつもりでよけておいたんだ。教員室の窓の露台がいい具合に半ひかげになるからもちだして、……うっかりしてたな。そのとちゅう、校内放送で萬来氏に連絡するよう云われたもので、購買部の電話を借りた。そのまま本をおいてきてしまったんだ。……なんだか、酒のにおいがしないか？　これ。」

「手ちがいで、のませたんだ。でも、謝罪はしないからな。その本のおかげでひどい目にあったとだけ云っておく。」

人の目がないので、桜蔵は家にいるときと同様、教師にぞんざいな口をきいた。

羽ノ浦は本を手にして腑《ふ》におちない表情だが、あれこれとたずねはしなかった。用件をすませた桜蔵は部室をでようとして、とおりすがりの作業机においてあったガラスびんに目をとめた。あの銀毛の生きものがいる。

「雲母蟲《きらむし》だよ。そいつが本を喰い荒らす張本人だ。憎いヤツだが、なかなかきれいなものだろう?」

「……さあ。おれには昆虫を愛《め》でる趣味はないから、」戸口にむかった桜蔵を、羽ノ浦が呼びとめた。

「きみに、きこうと思ってたんだけど。」ふりむいた桜蔵は、羽ノ浦の手もとにあるものがなにかを悟って顔をこわばらせた。

「けさ、ここへきたら、カメラが出しっぱなしになっていた。フィルムをいれたおぼえはなかったから、なにが写っているのかためしに現像してみたのがこれなんだよ。きみに心あたりはないかな。」羽ノ浦は紙焼きをしめした。

「……いくら出せば、フィルムをわたすんだよ、」

「そうは云ってない。きみのものならかえすと云っているんだ。ただ、私のカメラをつかうならまえもって云ってほしいのと、……その、こういう写真は校内で撮らせるべきじゃないと思うんだ。中学生もいるんだし。」

あんたが撮ったんじゃないかと云いかけて、桜蔵は口をつぐんだ。めがねをかけた羽ノ浦には、あのときの記憶はないのだ……。

「もしかして萬来の家で、酒をのまされたのか？」

「仕方なかったんだ。あの人は、私が酒に弱いのを知ってるんだよ。大杯をだして、これをのみほしたらサツキの弁償は勘弁してやろうって云うんだ。意識がなくなるまでのまされたよ。きのうは、どうやって帰りついたのかもわからない。」

羽ノ浦は、きまり悪そうな顔になる。「けさ、千菊くんにおこされるまで寝てたんだよ。困ったことに、萬来さんをたずねたあとの記憶がない。まだ、頭がぼんやりする。……さっきも、その本に染みこんだ酒のにおいで、気分が悪くなりかけた。」

「なるほど、わかったよ。そういう仕組みだったのか。あんたは、酒がきっかけで別人になるんだな。」

桜蔵は写真とフィルムを受けとって、部室をでた。むろん、この件がそうあっさり解決するわけはなかった。

第7章　秋草の譜

修学旅行の目的地は京都である。出発前夜に柾《まさき》があらわれ、旅じたくにせわしい桜蔵《さくら》をつかまえて虫の具合はどうだ、と愉快そうにきく。「左近」の座敷にはゆかず、茶の間でひとり酒を酌んでいる。女将《おかみ》の手があくまではいつもそんな調子だ。学校の古書に棲《す》みついた件《くだん》の男のことを、ゆがんだかたちで耳にいれたものと思われる。

「……べつに、」

とぼけて風呂場《ふろば》へむかおうとする桜蔵に、柾は封筒をさしだした。「虫くだし」と無駄にあざやかな筆《て》で書いてある。

「旅先では医者に不自由するだろうからさ。用心に持ってゆけ。」

「片田舎へいくわけじゃあるまいし。医者ならいくらでもいるよ。」

「それはどうだかねえ。虫の病を治せる医者が、おいそれと見つかるとは思えないけどな。」

「うちにくるやぶ医者より、よっぽどましだろうさ。」

笑って聞き流した柾は、手にしていた読みさしの本をひろげた。そのページにはさまれた紙片を目にしたとたん、桜蔵は凍りついた。生物部の部室で羽ノ浦《はうら》に撮られた写真だった。ネガも紙焼きも捨てたはずである。

「……どこで、それを、」

「患者が持っていたのをとりあげたんだ。彼が持つべきものではないんでね。……そう、つまり少々情緒に問題のある人物だから。」

「だれだよ。」

「おまえも医者の息子なら、守秘義務のことくらいわかるだろう？」

「そっちが話をふったんじゃないか。だいたい、いつから精神科医になったんだよ。専門がちがうだろう。」

柾は時計を見て、桜蔵を風呂へうながした。「いいから、はいってこいよ。」午后《ごご》十時をまわった。桜蔵はすきをねらって柾の手から本をうばおうとしたが、かるくしりぞけられた。

「これは私が大事に保管しておくから、心配するな。……おまえは、こっちだ。」

ふたたび虫くだしの封書をさしだされ、桜蔵はしぶしぶ受けとった。

「旅さきのひろいもので困ったときに、きっと役だつさ。」

何をひろうんだよ、とつっかかる桜蔵に、今さらきくな、とあしらって、柾は酒器を盆にのせて縁さきへでる。盃《さかずき》の面《おもて》に滄《あお》い月が映った。ときおり、対座にだれかがいるようなまなざしをむけては、柾はひとりもの思いにふける。桜蔵はうけとった封筒のなかをあらためず、そのまま旅行かばんへしまいこんだ。

翌朝、商売繁盛のお札《ふだ》をもらってきてね、と母に送り出された桜蔵は、真也《まや》に合格祈願の絵馬を頼まれたのと、どちらを優先すべきか悩みつつ旅の人となる。両方はむずかしい。古都への訪《おとな》いではあるが、観光色はうすい。模試のほか、彼《か》の地の大学で公開講座を受講する。それがこの修学旅行の主な内容だった。エスケープできないよう貸切りバスでの移動となるため、自由時間はほとんどない。泊まるのは宿坊で、門限は午后六時ときびしい。小学生なみのあつかいだ。

そのうえ一部の生徒は最終日に民泊をする。体験学習の部類だ。希望者だけのはずが、なぜか桜蔵の名前も民泊予定者の名簿に載っていた。申しこんだおぼえはない。だが、気づくのがおそすぎた。直前であることを理由に、とりけしは認められなかった。

だれの陰謀かと勘ぐるのに気をとられた桜蔵の模試の成績は、あまりかんばしくなかった。心なしか胸焼けもする。柾の悪だくみに、たやすくはまったかのようだ。といって、あの虫くだしが文字どおりの腹薬であるはずもない。さらに、気がもめるのは民泊のほうだ。紙をあつかう商家の世話になる。桜蔵はいきしなに図書館へより、にわか知識をつめこんだ。

バスをおり、通りをすこし歩く。門口に「風はや」の行灯《あんどん》を見つけた。そのさきもしばらく路地である。石畳の奥に玄関があるはずだ。だが、その路地は一本道ではなかった。とちゅうで道分かれする。予定外のことで、桜蔵は面喰《めんく》らった。準備した地図には、そんな注意書きはなかった。日暮れをすぎ、道をたずねる人の姿もない。桜蔵は「風はや」の玄関をさがし、なんどとなく路地をいきつもどりつした。

界隈《かいわい》は寺社のすきまをぬうように商家がたつ。かくれがふうの店ばかりで、奥で人声はしても、戸口は暗い。むろん、塀をめぐらした古刹《こさつ》はとうに門をとざし、くすのきや、むくのきの暗がりにおおわれている。かげは深く、あかりもない。草むらの虫時雨《しぐれ》ばかりが、にぎやかだ。

さがし歩いてようやく「風はや」ののれんにたどりついたときは、午后の六時をすぎていた。紙商《あきな》いと墨書した古びた紙の束が軒につってある。のれんと古紙をあわせて「チハヤフルカミ」と洒落《しゃれ》たものらしい。商い中の目印だ。

「ごめんください。」玄関さきで、桜蔵は気おくれしつつ奥へ声をかけた。本来は五時ごろたどりつくはずだった。

「ずいぶん待たせるな。」

無愛想な声とともに、男があらわれた。三十そこそこの人物だ。顔つきにも口ぶりにも、迷惑がっている気配があった。桜蔵はおくれたことをわび、自己紹介をする。それをさえぎって、あがれ、とあごをしゃくった。桜蔵は電話をかりて、担任に到着したことをつたえた。粗相のないようにと注意をうける。一晩やっかいになるこの家は、紙の製造元ではなく卸しを生業《なりわい》とする。小売はしないので店はかまえておらず、蔵がある。家のなかをめぐるさなかに、いきなり問われた。

「紙を数える単位を知ってるだけ云ってみな。」

「……枚、葉、連、帖《じょう》、束《そく》、締《しめ》。」

「ひと締はなん枚？」

「半紙なら二千枚です。」桜蔵はおぼえたばかりの知識をならべた。民泊先での態度が悪ければ学校へ報告される。気にいられずとも、無難にすごすことが重要なのだ。

「手はじめに、数えてみるか。」

ことばづかいは、京風ではない。まえもっての話では、店の亭主は五十代の男ということだったが、このぶっきらぼうな人物はどう多く見つもっても三十二、三でしかない。桜蔵がいぶかしんでいるのに気づいたらしく、男はしめきった唐紙《からかみ》をさした。

「親父は寝てるんだよ。けさからかぜ気味で、はやばやと床に就いたんだ。悪いな。うつるといけないから、あの部屋へちかづくなよ。」

棟つづきの蔵へ案内され、半紙の束をだされた。「一締はなん枚だっけ?」

「二千枚です。」

「それじゃ、検品な。」

「……あの、」

「なんだ?」

「標準語なんですね、」

「おれは養子だからさ、」

いつものあれか、と桜蔵はかるく息をついた。養子と名のる人物とかかわるたび、ろくでもないことばかりがおこる。気をつけて確認してみれば男は結婚指輪をしているが、柾や浜尾《はまお》の例でもわかるとおり、指輪のあるなしでは性癖まで見ぬけない。すくなくとも、桜蔵には男を見わける目はない。それでも、場あたり的にひろってしまうのだったが。

桜蔵は手わたされた紙の束を数えはじめた。男も別の束を検品する。五枚、十枚とまとめて数え、たちまち二千枚を点検して新たな束をとりだした。

「疵《きず》がある紙はよけて、欠けた枚数を帯封に書きいれてくれ。足りない枚数もだ。」

そう云われても、桜蔵はまだ最初の束を数えはじめたばかりだった。

「おい、そんな手つきじゃ、売るまえに手あかがつくじゃないか。……こう持つんだよ。」

男は手本をしめす。かどをかるくつかんで、手首をいくぶんひねる。すると紙の縁《へり》が扇のようにひらいた。それをそとから手まえへ五枚ずつ数えてゆく。桜蔵はどうにかまねようとしたが、日常的でない仕草をなぞるのはむずかしい。男が扇にひらいたところで、桜蔵がひきつぐ。男の手のなかでは乾菓子《ひがし》のようにかたまっていた紙が、桜蔵の手にうつったとたん、たちまちつかみどころのない豆腐になる。あげくは魚のように跳ねおどる。勢いあまって桜蔵の腕をすりぬけ、床へなだれおちた。

「それ、弁償だからな、」

「……はい、」

「ちなみに、そいつは手漉《す》きの楮紙《こうぞがみ》で、ひと締の卸値は二万円だ。」

「二万円？」

あぜんとする桜蔵にかまわず、男はつぎの束をよこした。おなじ紙である。

「もっと安い紙にしてもらえませんか。」

「ウチでは、これがいちばん安いんだよ。目の粗い、ざら紙だ。上物の肌理《きめ》はこんなものじゃない。羽二重《はぶたえ》みたいに濃《こま》やかで、艶《つや》もある。……艶ってのは、べつに光ってるってわけじゃないからな。裡《うち》からしみでてくるんだよ。だから、もんでも艶落ちしない。こいよ、きわめつきがどんなものかさわらせてやる。」

さきにゆけ、とうながされ、桜蔵は箱段をのぼった。階下のあかりがふきぬけを通じて映えるだけのうす暗いなかに、紙の束をならべたたながある。男は、たなとたなのあいだの通路に板をわたした。そこへ紙の束をおく。桜蔵は逃げ道がなくなったことに気づいた。

「これが、上の紙だよ。さわってみな。」

桜蔵は指さきが汗ばんでいるような気がして、手をだすのをためらった。

「安心しな。おれがさわっていいと云ってるんだ。すこしくらいあかをつけたってかまわないよ。」

桜蔵は指さきで紙の面《おもて》をそっとなでてみた。だが、さきほどの紙とのちがいなど、わかりはしない。男は、丁寧に保護紙でくるまれたべつの紙の束をとりだした。

「つぎはこれだ。今のとくらべて、どっちが上物だと思う？　もし、あたったら、さっきの弁償金はチャラにしてやる。」

これはもはや、桜蔵にとっては確率の問題だった。どちらにすべきか、彼はそのことばかりに気をとられていた。

首筋に、息をふきかけられる。桜蔵はあわてて身をひるがえした。正直なところ、ここちょさでからだがおののいた。彼はそれを悟られまいとして、ことさらに男をにらみつけた。

「悪かったな。虫がいたんだよ。……ほら、あすこだ。」

床のうえにコオロギがいる。

「たぶん、あんたがそとから連れてきたんだろうな。」男は笑い声をたてた。つづけて手を貸してみな、と云われ、桜蔵はうっかり手をだした。その手を男に舐《な》められた。

「……こうして舐めてみるもんなんだよ、紙ってのは。よしあしは舌でたしかめるのがいちばん確実だ。」

二千枚の束をくずしただけで弁償を要求した男が、こんどは舐めてみろと云う。桜蔵は担任にかけた電話が、ほんとうに本人が出たものかを今さらながらあやしんだ。どうやら、訪ねさきを誤ったらしい。……いったい、どこで。

「遠慮するなよ。舐めれば、すぐに肌合いも知れる。丹念に化粧をした肌は、利きがいいからさ。」

どうすればこのやっかいからのがれられるのか。桜蔵は頭を悩ませた。舐めろと云うなら、舐めてみようかという気になって紙に顔をちかづけた。そこへ、すっと男の手がさしだされた。手のひらに、なにかがかいてある。桜蔵はとっさにからだをひこうとしたが、前かがみになっていたのでとまらず、そのまま男の手のひらに口づけた。

「……なんてな。素人《しろうと》が舐めたって無駄だ。一服しよう。」からかわれたのだ。

茶の間へもどった。いったん台所にひっこんだ男が持ってきたのは茶菓《さか》だった。男は晩飯にする気はないようだ。べつに小鍋《こなべ》をとりだした。なにか異臭のするものがはいっている。それを電熱器にかけて練りはじめた。

「そでをまくって、腕を出してみな。あんたさえ、よけりゃ、胸でも背中でもいいけどな。」

「……なんで？」

「紙の表面にこれをぬるんだよ。ドーサってもんだ。でないと、売りものにならない。水をすうのとはじくのと、かげんが大事でね。好みもあるけどな。女の肌だって、おなじだ。肌理のいい肌ってのは、粧《めか》してこそ、値打ちがでるってもんさ。白すぎず、くすみもせず、くずれもしないのを云うんだよ。ふれれば、絹のようにうすくてさ。だいたときに、皮の一枚が……すうっと離れるみたいなんだ。」

なぜか女の話にそれた。唐紙をへだてた病人が、一時でもおきてきてくれないかと、桜蔵は耳をそばだてた。寝息すら聞こえてこない。男は練りこんだ粥《かゆ》のようなものを牡丹刷《ぼたんば》毛《け》にすいとらせ、自分の腕にぬった。

「ニカワとみょうばんをまぜてこしらえるんだ。」

男の手のひらに、虫らしきものがえがかれている。桜蔵はなんの虫かを知ろうとして目をこらした。

「……松虫だよ。二匹だったのを、さっきあんたが一匹喰《く》ったんだ。そろそろ暴れだすぜ、」男が云う。桜蔵は思わず胃のあたりに手をそえた。笑い声がもれる。

「うそだよ。いちいち真《ま》にうけるんだな。……おれに気があるだろう?」あけすけな男だ。桜蔵は聞き流したが、否定はしなかった。夜もふけて、虫の音《ね》がにぎやかになる。桜蔵は寝床へ案内されて、ひとごこちついた。男は風呂《ふろ》のかげんを見てくると云ったまま、もどらない。

虫の啼《な》くのをききながら、桜蔵は彼が幼かったときに祖母が口にしたことばを思いだしていた。庭の草むらで虫をつかまえたさい、かげんができずに、うっかり握りつぶしてしまった。……桜《おう》ちゃん、惨《むご》いことをしましたね。その虫にだってタマシイがあったんです。あとたった一日で、この界《よ》にもどってくる人のタマシイだったかもしれないんですよ。きっと罰を受けて、その手に痕《あと》がつきますからね。

祖母はそうさとしたが、桜蔵の手のひらにはなんの痕もつかなかった。人の目には見えなくたって、地獄の閻魔《えんま》さまの浄玻璃《じょうはり》にはきっと映ります。目をつぶされてしまいますよ。

桜蔵は指先がふやけるほど手を洗った。だが、祖母はそんなことで痕は消えないとおどした。

消したいなら、供養しておわびなさいと云う。念仏を書いた紙にくるんで、土にうずめておやりなさい、と。桜蔵は父のところへ半紙を持ってゆき、念仏を書いてくれとせがんだ。

桜蔵はそこでようやく、柾がよこした封筒のことを思いだした。旅行かばんをさぐって、虫くだしと書かれたのを見つけ、封をあけてみる。三万円が紙にくるまれていた。その紙に、文字が書いてある。「いざ弔《とむら》はんと思《おぼ》しめすか人々　ありがたや是《これ》ぞ真《まこと》の友を　偲《しの》ぶぞよ松虫の音に　伴《ともな》ひて帰りけり」

やはり、そうだった。柾はかつて桜蔵が念仏をせがんだあのときも、この詞《ことば》を書きつけたのだ。桜蔵は、父が声にだしてよむのをききながら、松虫ということばだけ、ききとって、コオロギだよと文句を云ったのだった。

桜蔵はそのうちの二万円をべつの紙につつんで弁償代と書き、のこりの一万円に虫供養と書いて、座敷の床の間においた。風呂を呼ばれるのを待ったが、男はもどってこない。そのうち、旅の疲れがでて眠ってしまった。

ふりそそぐ虫の音で目をさます。肩口がひやり、とした。そのはずだった。桜蔵は草むらにうずくまっていたのだ。秋草が茂る、野のなかだった。しらじらと明けかかっている。桜蔵のからだには大判の紙がかぶせてあった。

その紙の面《おもて》に「ありがたの御弔ひやな　秋霜に枯るる虫の音聞けば」と認《したた》めてあった。なにがおきたのかを理解できずにいた彼のまえに、あたふたとしたようすの五十年配の男があらわれた。

こんなところに、と安堵《あんど》の表情になる。しきりにわびを云い、男の家へ桜蔵をうながした。「風はや」の屋号をかかげたあの家だ。玄関も、通された茶の間もおぼえがある。平謝りの男は、熱はないか、具合は悪くないかとしきりに問う。桜蔵はなんともないと答えた。野宿をしたわりに、不思議なほど節々の痛みはなかった。

紙屋の亭主は、一滴の酒で意識がなくなる体質なのだと嘆きつつ、水と思ってのんだくみおきの茶びんの中身が酒で、桜蔵を迎えるはずが明け方まで寝こんでしまったと事情を語る。朝風呂をすすめられ、桜蔵も遠慮なく湯をもらって着がえをすませた。

芋粥《いもがゆ》をふるまわれたのちに、「今から、蔵をご案内しましょう。」と亭主にうながされた。ゆうべとおなじ紙の束をならべた蔵へはいる。亭主は紙の数えかたなど問わない。むろん数えてみろとも云わない。紙の種類と素材を早口の京ことばで説く。桜蔵はぼんやりと聞いていた。

ほんのおしるしに、と半紙を一帖《じょう》、手わたされ、桜蔵は「風はや」を辞した。秋草の紋様を刷りこんだ繊細な紙だった。集合場所で、教師はなにも問わなかった。ゆうべの電話は、ちゃんと通じていたということだ。桜蔵は紙屋へむかう道ばたで男をひろったものらしい。絵馬の奉納も、商売繁盛のお札をもらうのも忘れたと気づいたのは新幹線が動きだしてからだった。千菊《ちあき》には、秋草の紙をみやげにする。

「左近」では、柾が待ちかまえていた。虫くだしは役だったかときく。桜蔵はそれにはこたえず、千菊に秋草の半紙を手わたした。ことのほか、おおよろこびをする。こんなときは、弟の気だてのよさに救われる。

柾は千菊に硯《すずり》と墨と筆を持ってこさせ、その紙を一枚よこせと云う。さくさくと、なれた手つきで墨をすり、麗々しく虫と書く。千菊はそれを手本に、自分でも筆を持った。

「菊《あ》っちゃん、練習するなら安手の半紙になさいよ。それはもったいないから、」母が口をだす。ついでに、わたしにも一枚ちょうだいとぬきだした紙に裁ちのこりがあった。

「あら、得した。えびす紙。これ、神だなへおそなえしておこう。」いそいそと茶の間をでてゆく。そのうしろ姿を見おくって、柾が笑い声になった。

「桜蔵もたまには、福をひろってくるんだな。……千菊、それは兄貴のからだに逆さに貼ってやれ。」

父にうながされ、千菊は虫と書いた紙を持って桜蔵のそばへやってくる。「どうして逆さに貼るの？」「虫くだしだからな。……たぶん、ゆうべそういうことがあっただろう、」あとのほうは桜蔵に向かってきく。

「何がだよ？」

「虫の声に誘われなかったかときいてるんだよ。秋の野に人待つ虫の声すなりってさ、古人も云ってるとおりだ。」例によって、まともに話す気のなさそうな柾は、りんりんりんりん、と妙な節をつけて虫のまねをする。

「その男は、道ばたのコオロギにでも宿ってたんだろうな。ちょっとした虫養いがしたかっただけなんだと思うぜ。そこへおまえがとおりかかった。だからつかまえた。この季節にはよくいるんだ。冬眠する穴をまちがえる輩《やから》がさ。」

相手をする必要なしと判断した桜蔵は、風呂をあびにゆく。千菊が追いかけてきて、シャツを脱いだ兄の背に紙を貼ろうとする。桜蔵は弟をしりぞけながら、裸になった。

「なあおまえ、虫くだしってなんだかわかってるのか？」

「蔵兄《くらにい》こそだよ。虫養いの意味をわかってるのかきいてこいってさ。おとうさんが。」

「……知らない。親父はなんだって？」

「ここを読むからね。」千菊はかかえていた辞書をひろげて、指でたどりながら声をだす。「虫養い。ほんのすこし食欲をみたして、一時まぎらせること。またほかの欲にも云う、だって。……ほかの欲ってなにかな？」

さあ、とこたえつつ、桜蔵はゆうべ、人肌のぬくもりにいだかれて眠ったことを思いだした。

第8章　空舟《うつおぶね》

「左近」では連泊する客人はめったにないので、午后《ごご》の三時間ほどは店をしめている。そのあいだに下ごしらえや、まかないをすませるのだが、きょうは女将《おかみ》をはじめ番頭や板前までもが、それぞれ私用ででかけている。客人はなくとも電話はかかる。たまたま家にいた桜蔵《さくら》が留守番をたのまれた。

つい今しがたまで真也《まや》がいて、桜蔵はその唇の余韻をたのしんでいた。そこへ、呼び鈴が鳴る。

表の玄関は鍵《かぎ》をかけ、「おいそぎのかたは勝手口へおまわりください」と貼り紙をしてある。そもそも、事情に通じた者だけが訪れる家で、ふりの客人などあるはずもない。集金や配達もこちらで依頼しないかぎり午后五時すぎときまっていた。そんなところへ、勝手口の呼び鈴が鳴ったのだ。

戸口に立つのは、どう見ても二十歳まえの制服姿の男だった。学生を呼びつける常連がいたかと、顔ぶれを思いおこしつつ、桜蔵は男をなかにいれた。

「部屋、あいてるかな？」

横柄な口をきく。あらためて、桜蔵は相手の姿をながめた。年の頃は、桜蔵とほぼおなじくらいだろう。そのくせ、こんな宿を訪ねる警戒心やうしろめたさはかけらもない。立ち姿は堂々として、腰のあたりにいくらかの如何《いかが》わしさをまとわせている。

一方顔だちと云えば、鼻すじのとおった細おもてで、目にしみるような薄雪の肌の持ちぬしだ。初めてだと云えば小躍りする男が百人はくだらないだろうと、桜蔵は値ぶみした。「左近」の常連客よりはるかに多い数だったが、そのぐらい、この男の顔だちは並はずれて人目を惹《ひ》くものだったのだ。寒空のしたを歩いてきたはずだが、唇は温まっているらしい。真金《まかね》吹く丹生《にう》の真朱《まそお》の色はかくや、というわけだ。俗に魔性と云わしめるもの。

徽章《きしょう》がないのでどこの学校かはわからないが、制服なのだ。やや古風である。桜蔵は家出人の可能性もかんがえた。

「すみませんが、未成年はおことわりしているんです。」

「予約の電話をしただろう？　なんでそのときに云わないんだよ。」

むろん、台帳には記録がない。番頭の井川《いがわ》は几帳面《きちょうめん》な男だ。予約をうけて、記帳を忘れるはずもない。だが、その番頭が留守では、桜蔵の独断で宿泊をこばむわけにもいかなかった。

桜蔵は学生を応接間へとおし、宿帳の記入を求めた。そのあいだに、助言をたのむつもりで柾《まさき》に電話をいれた。家政婦がでて、知人の披露宴に出席するため夫婦で名古屋へむかったとのことである。宿泊さきまで追いかけるほどの大事でもない。桜蔵は日をあらためると伝えて電話を切った。

「あのさあ、」学生が手まねきする。「駅に荷物をあずけてあるんだけど、」暗に、ひきとりにいけと云いたげな口ぶりだ。素手《からて》なのは、そのせいらしい。桜蔵は腹だたしく思いながらも、番号札をあずかった。井川なら、そうするだろうからだ。

今は人手がないのでのちほど、と断わりをいれる。「ああ、いいよ。……ここでちょっと寝てもいいかな？　長旅で疲れた。」

学生は応接間の長椅子に寝そべるつもりだ。じきに営業時間である。ほかの客人の手まえ、こんなところで横になられては具合が悪い。かといって、今晩の予約客の部屋割を承知していない桜蔵が、座敷へ案内するわけにもいかない。

「そこは困ります。番頭がもどりしだいご案内しますので、少々お待ちください。」

「だったら、奥で休ませてくれないかな。あんたの部屋でもいいよ。」

あつかましいにもほどがある。だが、このていどで手をやくほど、家業にふなれな桜蔵でもない。あき部屋を思いついて案内に立った。

「こちらへどうぞ。私用の部屋ですので、少々お見苦しい点はご容赦ください。」

「横になれるんなら、どこでもいいよ。眠くてかなわない。」

桜蔵はかつて祖母が暮らした離れへ、客人を案内した。母屋とは縁《えん》廊下で結ばれている。そこなら仮眠もできて、ほかのだれかがじゃまするでもなく、まただれのじゃまにもならない。

納戸のある四畳半と、八畳の座敷で一棟になっている。風呂《ふろ》と洗面所もついていた。今では親族が泊まりがけで訪ねてきたときの客間としてつかっている。調度はほとんど昔のままだ。宝飾品や小物は形見わけしたが、衣裳《いしょう》や家具などは手つかずである。祖母が亡くなったとき、桜蔵はわずかに六歳だった。

一晩じゅう、いれかわり立ちかわりの弔問客が訪れた。幼い桜蔵はひとりだけさきに寝かされたが、布団のなかではおきていた。小さい弟は親戚《しんせき》にあずけられでもしたのか、通夜のときは家にいなかった。

秋も深まった肌寒い晩で、ときおりすきま風が唸《うな》り声をあげた。かわいた朽ち葉がしきりに雨戸をひっかくなかで、トトト、トトト、と軽妙な音もまじった。耳をそばだてていた桜蔵は、やがてだれかが雨戸をたたくのだと気づいた。

トトト、トトト。

おとなを呼びにいこうとした。だが、そのまえにと思って雨戸をあけた。いきなり風にあおられた破れ傘が飛びこんでくる。手ではらいのけた桜蔵のまえに、黒髪をひたいにこびりつかせた男が立っていた。表情は蓬髪《ほうはつ》にかくれてよくわからない。双眸《まなこ》だけがガラス玉のように光る。切れ切れの黒ずんだ外套《がいとう》をはおっている。風ですそがめくれあがり、そこから裂けた裏地がたれさがるのを、桜蔵は破れ傘と見ちがえたのだ。古靴のさきも割れ、もはや修繕の余地はなさそうに、靴下をのぞかせた。

今ならば、通夜にまぎれて盗みをはたらく招かれざる者なのだとわかる。だが、当時の桜蔵はその男を鵺《ぬえ》だと思った。人が亡くなった晩にはそうした者があらわれることを、祖母に聞かされていたのだ。

たいした悪さをするわけではないんです。ただ、亡くなった人を舟に乗せて川をわたし、一夜《ひとよ》の口過ぎを得たいだけなのです。もう舟はきまっておりますからと丁寧に断わって、いくらかの小銭と茶菓子をつつんでやれば、おとなしく帰るんです。小豆《あずき》もちや五家宝《ごかぼう》などでよいんです。邪険に追いはらってはいけません。鵺はその仕うちを憎むでしょう。亡《な》骸《がら》を盗んで舟に乗せ、いずくかへこぎ去ってしまいます。鵺にさらわれた亡骸は、どうしたってさがしだすことができないそうですよ。

桜蔵は祖母の云いつけをまもり、持っていた小銭をつつんで鵺に差しだした。もう舟はきまっておりますから。祖母の口まねでそう云った。鵺は、ずん、と一歩せまる。亡き奥方さまより小生への遺《のこ》し書きがございますまいか。あらたまってきく。桜蔵は知らないとこたえた。御令孫に願い奉る。おばあさまがきっとどこかにかくしておいでの烏羽玉《うばたま》の御髪《ぐし》を、どうか見つけだしてもらいたい。

わからないと首をふって、桜蔵はその場を逃げだそうとした。幼い彼の手には負えなくなったのだ。しかし鵺はいつのまにかさきへまわり、廊下に立ちふさがった。ごわついた黒服をまとった腕《かいな》をひろげ、さあ、と桜蔵にせまる。烏羽玉の御髪をさがしにいかれよ。

……ばぁさまの髪は白いよ。うばたまは黒いよ。

ああ、かしこい坊の云うとおりだが、おばあさまも昔は黒髪を持っておいでだったのだ。若さを偲《しの》んで、きっとどこかに遺しておられよう。いや、呪いをとくために遺しておくと約束なされたのだ。それゆえ、こうして御髪をいただきに参上したしだい。小生、それなくば穴蔵にとどまるしかない身のうえとなりはてた。あわれと思って、どうか見つけておくれでないか。

桜蔵は鵺のかたわらをすりぬけて母のところへかけつけようとしたが、闇と見えたところにも鵺の衣《ころも》があり、からめとられてしまった。よしよし、おどして悪かった。坊にはまだわかるまい。時をあらためるとしよう。この男も坊ではもの足りぬ。坊がりっぱに育って男前になればよし。そのときには、きっとたのんだぞ。
鵺は身をひるがえし、廊下のくらがりに姿を消した。そのうしろ姿には、長い尾があった。鵺には蛇のようなしっぽがあると、桜蔵が祖母にきかされていたとおりだった。廊下にひとりのこされた桜蔵の耳に、棹《さお》をさす水音が聞こえた。ゆったりと舟が遠のいてゆく。だが、のぞき見た庭には舟を浮かべる水辺などなく、紅《あか》く染まった落ち葉のなかに離れの手水鉢《ちょうずばち》が、ぽつんとあるのだった。

枯れた古桜を惜しんだ祖母は、幹を割って手水鉢に仕立てた。幹にはもともと空《うろ》があり、雨《あま》どいのうけ皿にするには都合がよかった。腐らないよう、うるしを刷《は》き、離れの縁さきにすえた。祖母はそれを空舟《うつおぶね》と呼んでいた。人でもなく獣でもない怪《あやかし》をのせ、いずくよりか流れつく舟のことだ。手水はよほどの雨がふれば地面にあふれるが、それよりさきに乾いてしまうことが多かった。桜蔵は座敷に布団をしいて、学生を休ませた。

帳場へもどって宿帳をたしかめる。男はなにも書いていなかった。やはり、うしろ暗い事情があるのだ。だが、それは桜蔵がせんさくすることでもない。家の者にまかせておけばいい。

じきに番頭がもどり、なんとか座敷を都合しましょうと云う。今夜は満室だったのだ。

むろん予約の電話を受けてもいない。女将《おかみ》も帰宅して、おなじくなにも承知していなかったが「二間のところを仕切れば、どうにかなるでしょ。」とのんきに応じた。

二時間ほどたったが、男はまだおきてこない。座敷の準備はもうできている。いつもは二間をつかう浜尾《はまお》が、女将のたのみに応じてくれた。桜蔵は母にうながされ、離れへ客人のようすを見にいった。声をかけたが返事がないので、もう一度断わって唐紙《からかみ》をあけた。男は頭から布団をかぶって寝ている。宵の口に、これほど深く眠るものだろうかと気になり、桜蔵は肩口に手をそえて男をゆりおこした。手ごたえがおかしい。布団はふくらませてあるだけだった。

身一つであらわれた男は、手まわり品をなにものこしていない。勝手口に脱いだ靴も消えている。だが、駅の一時あずかり所の番号札は桜蔵の手もとにあった。

「退屈しのぎの散歩にでも出たんでしょうよ。この間に駅へいって荷物をうけとってきたらどう？　ご依頼なんだもの。……そうなさいよ。」

女将はさほど深刻にかんがえていない。桜蔵はしぶしぶ駅へむかった。番号札と荷物をひきかえて、さらに腹がたった。受けとった荷物はとほうもなく重いのだ。かつげないほどではないが、簡単に持ちはこべるものでもない。細身の人間の一人ぶんくらいの重さだ。彼は顔見知りの駅員に台車をかり、それに荷物をのせた。糸いりの、ろう引き紙で頑丈に荷造りされている。着がえではなさそうだった。死体でもつつんであるのではないかと疑ってみたが、手触りでは密に詰めこまれた豆や粉のたぐいのようだった。

駅はゆるやかな傾斜地のうえにある。桜蔵は下り坂をひとりでに走りだしそうな台車を苦心しておさえつつ、荷物を「左近」まではこんだ。勝手口へひきあげる。店は、かきいれどきで、おとなの手はふさがっている。羽《は》ノ浦《うら》は、千菊《ちあき》にせがまれて都内の博物館へでかけた。きょうは授業参観のふりかえで学校が休みなのだ。

手ぜまな勝手口におくには、大きすぎる荷物だった。桜蔵は底へ古毛布をあてがい、からだでおしながら廊下をすすんだ。なんとか離れまではこびいれ、台車をかえしに駅へもどった。

午后《ごご》六時をまわり、駅員は帰宅の通勤客をさばくのにせわしない。駅舎裏の倉庫の戸口に立てかけておいてくれと云われ、桜蔵は裏手へまわって台車をおいてきた。

「……桜蔵、」

かえりがけの駅頭で、彼を呼ぶ者がある。真也だった。予備校で模試を受けているはずの時刻だ。濃紺の上着をはおった肩を長い髪がおおっている。なめらかな髪の面《おもて》に、街の灯《ひ》が映えた。

「どうしたんだよ。……こんな時間に」

「……うん。ちょっと気分がふさいで、とちゅうでぬけてきちゃった。」

「熱でもあるんじゃないのか？」

理系の真也は成績優秀で、めったにむら気などおこさない。かぜで寝こむのでもないかぎり、いつでも頭はさえている。医学部志望だった。柾も彼女なら現役でとおるだろうと云っている。

「気ばらしの散歩、つきあってくれないかな？」

「いいけど、具合が悪いなら、はやめに家へ帰れよ。おれのところから自転車で送ってくからさ」

「ありがとう。べつに、どこも悪くないんだ。ただね、急に散歩がしてみたくなって。……そういうことって、あるでしょ？」

「模試だったんだろう。受けなくてよかったのか？」真也はうなずいて、駅舎の横手へまわった。ゆるやかな傾斜地に面している。さくにからだをもたせて、眼下をのぞきこむ。ところどころ草もみじになっている。

「このあたりに、昔は小さな流れがあったんだって。……ねえ、知ってる？　桜蔵の家のほうまでつづいてたんだよ。」

急にそんな話をはじめた真也は、怪訝《けげん》な顔をする桜蔵を駅舎の裏手にある碑《いしぶみ》のところへつれてゆく。さきほど台車をもどした倉庫のあたりだ。さくをへだて、すぐ斜面になっている。土地に由来する碑ならば郷土史で習いそうなものだが、桜蔵にはなんのおぼえもない。碑は古いものらしく、摩耗がすすんでいる。

碑文の年号によれば、水が流れていたのは桜蔵が生まれるはるか以前にさかのぼる。今は駅舎のたつあたりに豊かな森があり、しみだした水がときには滝のように音をたてて斜面を流れた。鉄道の敷設によって森は消え、湧き水も涸《か》れたとある。大昔の話だ。鉄道はすでに百年前にはとおっていた。

真也はその流れの痕跡《こんせき》をたどって「左近」までいってみようと云う。ふたりともこの地で生まれたが、流れのことなど今まで思いつきもしなかった。桜蔵は真也のひたいに手をあてた。熱っぽいというより、冷えきっている。

「散歩はまたこんどにしないか。気分がふさぐのは、かぜのひき端《はな》だからだろう?」

「空気が冷たいだけだよ。……ね、いってみようよ。」

駅の周辺は古くにひらけた地域のせいか、街道ぞいをのぞけば開発とは無縁の土地でもある。意外にふるめかしい家並みが残っている。「左近」だけが古いわけではない。境界線もあいまいで、けもの道のように路地がある。水路のなごりも、そうした路地にまぎれこんでいた。

駅舎の裏手は一般には通行どめだが、小道のようなものがある。近隣の住民はとくに許されて駅への近道としてつかっていた。斜面をくだって、料理屋の軒下にでる。厨房《ちゅうぼう》の窓のあかりが足もとを斜《はす》によぎる。そこからさきの路地はほとんどが私道で、幅もせまい。見なれぬ顔があれば住民はあやしむだろう。日も暮れて雨戸をとざしている家が多いのは、さいわいだった。

「……こっち、」

真也にうながされて、ふたりで軒びさしの暗がりに身をひそめた。ゆくさきに人影がある。その人物がとおりすぎるのを待つあいだ、キスをする。真也がさきに唇を被《の》せてきたのだ。桜蔵はその冷たさに身《み》ぶるいした。彼女の唇は、いつもこんな感触ではなかったと、いぶかしんでいるうちに、こんどはからだをさぐられた。臆面《おくめん》もなくふれてくる。そればかりか、前をあけようとする。真也は今まで一度もそんなまねをしたことがない。桜蔵は思わず、彼女の手をつかんだ。指さきも冷たい。

「……どうしたんだよ、急に。」

「養ってあげる。」

「勘弁してくれよ。おれにだって都合ってもんがあるんだよ。だいたい、どうかしてないか？……さっきから、真也らしくないことばかり、」

そこではじめて、桜蔵は真也がほんものの真也かどうかを疑った。姿はたしかに真也にちがいない。声も彼女のものだ。……だが、どこかに、なじみのない雰囲気がある。見つめているうちに、だんだん疑わしさがつのった。真也の顔が、見知らぬだれかのように思われてくる。真也を真也として特徴づけるものはなんだったかと、桜蔵はしきりにこたえを求めようとした。

「どうしたの？」

「……べつに、何でもない。」桜蔵は真也の手をはなし、さきに歩きだした。どうやら、なにかをひろったらしいと悟りつつも、相手が女であることにとまどっている。彼はこれまで、一度も女をひろったことはないのだ。

彼女の足音がしないと気づいてから、ずいぶんたつ。だが、影はずっと桜蔵のあとをついてくる。首すじに冷たいものがふれ、桜蔵はその場にたちすくんだ。目のはしで刃物が光る。えりのあたりがヒリヒリと痛んだ。かすかに血のにおいもする。

「たのみたいことがあるんだけど、」

真也は切りだしナイフを手にしている。切れ味をためすように手ぢかな垣根の枝葉を斬りおとした。

「鏡をどこに埋めたのか、教えてもらえるかな?」口調が真也ではなくなっている。桜蔵はぼうぜんと、真也の姿をした、何者かをみつめた。目交《まなか》いにあるのは、深く冥《くら》い闇だった。

「……なんの話かわからない。」

「あんたの祖母《ばあ》さんが、呪符《じゅふ》として埋めた鏡のことだ。庭を歩いてみたけど、みあたらないんだ。あんたなら、どこに埋めたのかを、きかされているだろう? そいつをさっさとほりだしてもらいたいんだよ。……この女が死なないうちに。」

そう云うからには、桜蔵の目のまえにあるからだは真也のものなのだ。だが、彼女の気配はそこにはない。

「……真也をどうしたんだ?」

「心配するな。ちょっとそとへつまみだしてあるだけだ。からだをかりるのにじゃまだからな。ほら、さっきあんたが左近へはこんだ荷物。あのなかに、この女のタマシイをいれておいたんだ。本人とおなじ重さの米粒にして。もしだれかがまちがって米を喰《く》ったら、女の肉が少しへる。……たとえば、このへんが、」胸もとをつかみながら云う。

「……おまえは、さっきの、」

「鈍いな。今ごろかよ、」

云われるまでもなく、桜蔵はあまりにも、のろますぎた。駅で逢《あ》った最初から、真也は日ごろの彼女らしくない態度だったのだ。

「いそげよ。あんまり長くからだからはなれたタマシイは、もとにもどせなくなる。タマシイを喰いたがってる連中がうばうってこともあるんだ。米に見せかけてあってもむだでね。そいつらは、タマシイのありかが、においでわかるんだ。新しいのはとくに、それはそれは香《かぐわ》しくにおうんだよ。」

真也の足もとから、ほそく紅い糸がのびている。それはしばらく地面を這《は》い、やがて暗がりのなかへ消えていた。

「……それはなんだ?」

「見てのとおりさ。女がたれる紅い糸がなにかなんて云うまでもないだろう?」

桜蔵はつかみかかろうとしたが、踏みとどまった。そこにあるのは真也のからだなのだ。

「下種《げす》なことを考えるなよ。なにもしちゃいない。女を抱こうなんて思ったこともないからさ。そいつはからだとタマシイをつなぐ玉の緒《お》だよ。」

桜蔵は彼女の足もとへしゃがんで糸を手にとった。たしかに、ほそい糸だった。ほかのなにものでもない。

「おい、わかってるのか?　いそげと忠告したぜ。さっさと鏡のところへ案内しろよ。あんたがぐずぐずすれば、この女の命もあやうくなるんだ。」

祖母が埋めた鏡など、桜蔵が知るはずもない。そんな話を耳にしたこともなかった。

「……おまえは、あのときの鵺《ぬえ》なのか?」

「だったらどうする?」

「ほしいのは、烏羽玉《うばたま》の御髪《おぐし》なんだろう。……昔はそう云った、」

「だからさ、」笑い声になる。「黒髪はこのとおり、ここにあるんだよ、坊や。つぎは鏡だ。こんどは案内するまで逃がさないから、そのつもりでいろ。」

真也の艶《つや》やかな髪の面《おもて》に、月が光っている。鵺は羽づくろうように、髪を唇にはさんで舐《な》めるのだった。

鵺のことを忘れていたわけではなかった。桜蔵が祖母の通夜の最中に出喰わした男のことは、彼のほかに知る者はない。幼い桜蔵は、彼なりの考えで母にはむろん、柾にもうちあけなかった。

桜蔵の母は、境界の生きものにたいしてきわめて無頓着《むとんちゃく》なのだ。家のなかにそれがいても気にかけず(見えないのではない)、おびえもしなければ、じゃまにもしない。あの祖母の実の娘だけはあるが、接しかたはまるでちがう。境界の生きもののほうでも、よりつかずにすぎてゆく。

　柾は書物を読む男なので、異界に棲《す》むものの話をあれこれと語りきかせて、幼い子どもをおもしろがらせた。それは、しばしば王道をそれたものであったが、桜蔵がそうと気づいたのは、みずから書物を読むようになってからのことだった。柾に聞かされた「うらしま」では、亀と乙姫は同一人物なのだ。しかも玉手箱《たまて》をあけたうらしまは白髪の老人となったばかりか、しまいには鶴に姿をかえ、亀と手をとりあって天にのぼる。


　幼い桜蔵のまえに鵺があらわれた晩以来、彼はおりふしに烏羽玉の御髪というものを家のなかでさがし求めた。祖母はそれと知らせずに、語りきかせたかもしれない。しかし、時がたつほどに、なつかしい祖母の声音も遠くなる。どこかに火口《ほくち》はあっても、そこへだれかが火を点じてやらなければ、いつまでも黙したままなのだ。桜蔵は鵺のことも、ただの泥棒だったと思うようになっていた。

　烏羽玉の御髪と呼ばれるからには、黒髪でなくてはならない。祖母の若き日の髪のことだろう。桜蔵はそれとなく、母にたずねたことがある。女は切った髪をのこしておくものであるかと。すると母は、男女にかぎらず、のこすものこさないも勝手だけれど、未練があるなら切らなけりゃいいのにねえ、と自身のみじかいえりあしをなでながら云った。この母が髪を長くのばしたところを、桜蔵は見たことがない。彼が知っている祖母もまた、ごくごくみじかい髪だった。

女の長い髪に欲情しない男がくる宿なのよ。とうぜんじゃないの。母は笑って茶の間をでていきながら、ひとことつけ足した。桜蔵の髪なら、またべつでしょうけど。のばしたらいい髪になると思うのよね、それ。……おれは一般人なんだ。わかってるわよ、そんなことは。浜尾さんの話では、最初はみんなそう云うんだって。

結局、桜蔵はいまだに烏羽玉の御髪とやらを見つけだせずにいる。そんななかで、ふたたび彼のまえにあらわれた鵺は、以前の蓬髪《ほうはつ》の男とはことなる、みずみずしい若者だった。どこかで盗んだ屍《かばね》を、わがものとしたにちがいない。さらに、鵺はまだ生きている真也のからだをあやつって、鏡のありかをあかせとせまる。

桜蔵は路地裏をぬけ、隣家の窓のあかりをたよりに「左近」の庭へはいった。あとから鵺もついてくる。離れの空舟《うつおぶね》にちかづいた。水のひあがった空《うろ》には泥がたまり、石蕗《つわぶき》が黄いろい花を咲かせている。

小さな団扇《うちわ》のような葉は、幼い日のある午后《ごご》へ、たちまち桜蔵をいざなってゆく。五歳くらいのころ、母屋のトイレがふさがっていたので、あわてて離れへかけつけた。だがそこもまた、あいにくの改装中でつかえなかった。泣きそうになっていた桜蔵を祖母が呼びよせた。あすこをおつかいなさい、と縁さきへでて、空舟のかげをさす。玉じゃりが敷きつめてあった。心なしか、すり鉢状になっている。

桜蔵は祖母のことばに甘えて、さっそくそこへ身がまえた。すると祖母が石蕗の葉をつんでさしかけたのだ。おりこうさんは、こうしてかくしてあげましょうね。

おかげで桜蔵は、道ばたであの石蕗のつやつやと光る葉を見つけるたびに、云われたときには理解できなかった祖母の皮肉たっぷりの口ぶりを思いだしてしまうのだ。同時にトイレへかけこみたくもなる。

祖母は幼い桜蔵が用を足したあとへ水をまき、ほらね、ここは水はけがいいんですよ、と安心させた。水たまりになどならず、たちまち地面にしみこんでゆく。小水の痕跡《こんせき》も消えうせた。お呪《まじな》いをしてあるからだと祖母は云った。鏡を埋めてあってもおかしくはない。

「……もしかしたら、ここに、」

桜蔵は、そこで用をたしたとは口にしなかった。だが、鵺はこともなげにスカートをたくしあげた。真也の脚がむきだしになる。

「……なんのまねだよ、」

「ここは、そういう場所なんだろう？」

鵺は桜蔵の思うところなど、たやすく見ぬく。

「ほんとうに水はけがいいかどうか、ためさないとな、」

「……おれがやる。」

鵺にかわって玉じゃりのうえにたった桜蔵だったが、なにもそこで用を足す必要はない。水をまけばよいのだと気づいた。バケツに水をくんで、しずかにそそいだ。水はたまることなく、玉じゃりのなかへすいこまれてゆく。どこからか、金だらいにしずくがおちる音がひびいた。銅の鈴をふったようでもある。

「そういえば、鈴口って云うんだよな?」鵺は小さく笑い声をたてた。桜蔵のかたわらへきて、いきなり急所をつかんだ。「……ここのことをさ、」

バケツを手にしていた桜蔵はすきをつかれた。鵺はさらに、からだをよせてくる。真也の髪のにおいがする。

「慰安してやろうか。この女よりうまいと思うぜ、」

「……はなれろよ。道具を持ってくる、」

鵺をしりぞけた桜蔵は、地面を掘るスコップをとりにいった。庭仕事用のものが道具いれにあった。玉じゃりを掘りはじめてまもなく、ふせた深鉢があらわれた。さきほどの鈴をころがすような音は水琴窟《すいきんくつ》だったのだ。彼は今はじめて、トトト、トトト、とひびく音の正体を知った。幼かったあの日以来、久しぶりに耳にした音でもある。

鉢を掘りだすのは、さほど力仕事ではなかった。ぽっかりと穴があく。底のくぼみにうっすらと水がたまり、鏡が沈んでいた。

「……どけ、」

鵺は桜蔵をおしのけ、穴をのぞきこんだ。真也の長い髪が肩からすべりおち、暗がりへすいこまれるようにたれる。男は切りだしナイフを手にした。べつの手で髪のひとふさを胸もとにたぐりよせ、あっけなくそれを切りおとした。

「なにをするんだよ、」

桜蔵は鵺の腕をつかんだ。真也の腕でもある。だが、彼女ならばあり得ない力でふりはらわれた。「じゃまをするな。女がもとにもどれなくなるんだぜ、」

「……真也の髪にさわるな。じゃまなら、うしろへたばねて……、」

「ばかを云うな。封印をとくのに要るんだよ、烏羽玉の御髪が。おれの考えでは、若い女の髪ならば、だれのものであってもいい。だから、この女をつかまえたんだ。駅まえで道をたずねたら、親切に案内してくれてさ。裏道へはいったところで気絶させた。おあつらえむきの長さだ。」そう云ってまた髪を切った。

桜蔵が知るかぎり、真也は幼いころからずっと髪をのばしている。切ることがあっても、長さをそろえるくらいのものだ。願かけでもしているのかと、たずねたことがある。……なんとなくね。あいまいさをきらう彼女にしてはめずらしく、そんなこたえだった。だからこそ、髪をのばすのにはなにか特別な理由があるにちがいない、と桜蔵に思わせた。

鵺《ぬえ》は惜しげもなく髪を切っては、穴のなかへ、むぞうさになげすてた。草を刈るような荒っぽさで、長さもふぞろいだった。切り口だけはむやみに鋭い。艶《つや》やかな真也の髪が、ひとふさずつ闇のなかに消えうせる。だが、動けば刃《やいば》で真也を傷つけるとおどす鵺にたいして、桜蔵はなすすべなく立ちつくした。鵺は最後のひとふさを切って、桜蔵にさしだした。

「これで筆をこしらえて、例の荷物に女の名前を書いてやれ。そうすればタマシイは米粒を離れてからだにもどる。」

「……髪はどうなる？」

「見てのとおりさ。なくしたものはもどらない。」

「真也にはなんの落ち度もないのに、」

「それが、どうした？　今どき、髪の長い女なんてはやらないとでも云ってやればいいさ。だいたい、抱くときにじゃまだろう。」

桜蔵は黙っていたが、欲望のありかを否定したことにはならない。彼のまぶたに浮かんだ真也は黒髪だけをまとっていた。鵺は真也の顔で冷笑し、上着をおもむろに脱ぎすてた。つづけて、アイルランド風に編まれたセーターをも脱ぐ。うすい布に包まれた彼女のからだのかたちが、桜蔵をたじろがせる。ぬくもりが伝わってくるようだった。

「せっかくだから、すっかり見物させてやろうか。」

飛びかかろうとする桜蔵を軽々とかわした鵺は、ナイフの切っ先を真也の胸もとにむけた。

「穴から鏡をひろいだせ。」

「…………、」

「はやくしろよ。女が死ぬぜ、」

桜蔵は穴のふちにひざをついて手をのばしたが、鏡にはとどかない。さらにかがみこむ。そのとき、背中を強くおされた。まえのめりにおちる。だが、そこはたんなる穴ではなく、底の知れない闇だった。

……どこまでもすいこまれてゆく。涯《は》てもなくつづくのかと思われたころ、ようやくからだが止まった。なにかにぶつかったのだ。桜蔵は暗がりに鏡がおちているのをみつけ、ひろおうとしたが、それは光のかけらだった。頭上でだれかがあかりをかざしている。光は彼のまわりをひとめぐりして、するするとのぼってゆく。やがて、円《まる》い窓のむこうへ消えた。桜蔵がいるのは、涸《か》れ井戸のような穴の底だった。長い髪をした女がのぞきこんでいる。しじみ貝ほどの小石が、桜蔵のほほをかすめておちた。

……そこにかくれているのは、わかってるの。女は口もとをほころばせる。細い首をつつむのは桜の花で彩られたえりだった。友禅かなにかの着物なのだ。……真也ではない。古風な姿をした見知らぬ娘だ。

ほら、見て。娘はわずかにえりをゆるめ、雪肌をのぞかせた。ここに鳩をかくまってるの。さっきまでは羽をふるわせていたけど、今はおとなしいの。ごらんなさい。眠っているみたいでしょう。

娘は桜いろのえりを、いっそうくつろげて、肩をぬく。細やかな腕を胸のまえであわせた。羽ぐくもる白い鳩が、淡々《あわあわ》とふくらんだ。雪の布団となって、桜蔵にかぶさってくる。彼はのがれるすべを持たず、ただ顔をうつむけた。こちらをお向きなさい。娘の声にはあらがえない強さがあった。つられて、声のするほうを見あげた桜蔵の目を光が突きさした。まぶしさに目がくらんで、なにも見えなくなる。

……こうして鏡で封じておけば、夫の悪い虫が鎮まると母に教わったの。わたしにはあなたの姿は見えないけれど、きっときれいな人なんでしょうね。夫がタマシイを盗《と》られるほどだもの。わたしを恨まないでね。あの人はこのあいだまでは奉公人だったけれど、今は旦那《だんな》さまになったのよ。ここに新居をたてるの。でも、いつかはわたしもお婆さんになる。そうしたら、そとへだしてあげます。しばらくの辛抱よ。あなたにとってはそう長くない時間でしょう？　夫はお返しできないけど、またべつのお相手を見つけてちょうだい。黒髪をちらせば、封印がとけるようにしておきますから。

そう云いながら、娘は小柄《こづか》をぬき、黒髪のひとふさを切った。ほら、これをちゃんとしまっておきますよ。

ふたたび闇となり、桜蔵もまたおちてゆく。つかむものを求めてもがくうちに、目をさました。彼は離れの縁さきにうつぶせていた。ひとふさの髪を手に握っている。

座敷には、駅からひきとった荷物がのこされていた。桜蔵は祖母の簞笥《たんす》のひきだしをあけ、絹糸をとりだした。その糸で髪の束をくくり、男の云ったとおりに真也の名を荷物にしるすつもりだった。糊《のり》で筆さきをととのえる。つぎに墨汁をふくませて荷物に真也の名前をしるした。

背後でカタ、と唐紙《からかみ》が鳴る。ふいに学生服の男があらわれた。

「なにをしてるんだよ。それに手をふれるな。」ぶぜんとした表情を浮かべ、桜蔵を荷物からひきはなした。

「……あんたが、名前を書けと云ったんだ。」反云《いいかえ》す桜蔵の声は、うつろになる。握りしめているのは真也の髪のはずだった。だが、彼の手にあるのは、ただの黒ずんだ古裂《こぎれ》でしかない。

「なんだよ、荷物の口があいてるじゃないか。……あんた、はこぶときにひきずったな。見ろ。廊下に点々と米が落ちてるぜ。」

「……すみません。」頭をさげつつ、桜蔵には釈然としない思いがのこる。現実と夢の境をさだめられないのだ。台車を駅へもどし、帰りしなに真也の姿をした何ものかをひろった。そこまでは、夢ではない。

「ぼやぼやしてないで、さっさと廊下の米粒をひろって来いよ。」

桜蔵は縁廊下へ出て米粒をひろった。離ればかりか、母屋の廊下にも点々と白い粒がこぼれていた。一粒のこらず手のなかにおさめる。それは、盃《さかずき》に一杯ほどの量だった。彼は勝手口のどこにも台車がないのをたしかめ、駅へもどしたところまでは現実なのだと頭を整理した。

帳場へより、真也の家へ電話をかけた。母親がでて、きょうは予備校へいってるんだけど……といぶかしむ声になる。知っているはずなのにと云いたげだった。桜蔵はうっかりしていたことをわび、もどったら連絡がほしいと伝言した。

米粒を離れへとどけた桜蔵に、晩飯はまだなのかと男が問う。部屋への案内もすませていない。桜蔵は、ふてぎわをわびた。

「すぐにお部屋の確認をしてまいりますので、少々お待ちください。」番頭を呼びにいくつもりで縁さきへ出た桜蔵は、カリカリとなにかをかみくだく音を耳にして足をとめた。男が生のままの米を、かんでいるのだった。

「あれほど、一粒もうしなうなと忠告したのにな。もし、女の肉が欠けても、おれのせいにするなよ。あんたがまぬけなのが悪いんだ。」

耳ざわりな笑い声をひびかせる。やはり、夢ではなかったのだ。桜蔵は男に殴りかかったが、あっさりとかわされた。逆につかまり、動きを封じられる。からだつきはとくに逞《たくま》しいわけでもないこの男が、どうやって力をくわえるものか、桜蔵は畳のうえへ押さえこまれてのがれることができなかった。

「米粒を返してやろうか?」

そう云うなり、男の口が桜蔵の唇をとらえた。気息を計ったかのように強いてくる。米とは思えないものが、口のなかを占める。呑《の》みこまずにおくのはむりだった。

「……よく味わえ。ただの米だ。あんたがかわりの肉をよこすなら、女からはなにもとらずにおくよ」

男は桜蔵の耳をつまんだ。冷たい指だ。真冬でもないのに、肌が冷気につつまれる。からだのありかを知るすべが、ほかのだれかの肌の感触であることに、桜蔵はとまどった。いつのまにか素裸になっている。手首にひもを巻かれているような気がしてふりほどいたそれは、ひとすじの髪の毛だった。

耳もとで男の声がする。

「肌をあわせているときは、毛すじ一本でも、蛇がはいりこんでいるように思えるものなんだよ。まして女の髪は、情念がありすぎる。あの女には、抱くときにじゃまなものは要らないと云ってやれ。」

桜蔵の首すじに冷ややかな刃物の感触があった。切っさきで皮膚を引っかく。「さあ、どうするよ。肉をよこす決心がついたのか？　どうなんだ。……返事がないのは、削《そ》いでもかまわないって意味だよな」

こたえをうながしておきながら、男は桜蔵の口をふさいだ。からだをなでる指は、この男の見かけの若さが借りものであることを教えた。自分とおなじ年ごろの男なら、と桜蔵がかんがえていたていどを、はるかにこえている。老獪《ろうかい》なのだ。一度でも肉を差しだせば、際限なくほしがるだろう。

桜蔵は子どものころに柾から聞かされた東方の説話を思いだした。湯船のなかだった。柾がそういう話をするのは、たいてい湯《ゆ》あみのときときまっていた。

服のなかに鳩をかくまい、追ってきた鷹《たか》に自分の肉をあたえる王の話だった。鷹は鳩と同じ目方の肉を王に求める。王は承知して自らの肉を削ぐ。だが、天秤《てんびん》にのせられた小さな鳩は王の削いだ肉よりもいくぶん重かった。王はさらに肉を削ぐ。鳩はまだ重い。それならばと脚をきり、これでもかと腕をもいだが、なおも鳩のほうが重かった。王はついに、すべてを捧《ささ》げる。すると、ようやく鳩とつりあうのだ。王の捨身によって、鷹も鳩も生きのびるという話だった。

結びに、男はだれでも鳩をかくまっていると柾は云った。ほら、おまえもここに、とふれられて桜蔵は身をすくめた。……そのうち、厚かましく手に負えない鳩になるんだよ。柾はそんなふうに、尊い話を勝手にゆがめるのだ。

桜蔵はきょう、女もまた鳩をかくまっていることを知らされた。鵺《ぬえ》にはどこでも好きな肉を削げと云うつもりだったが、もはやからだをつつむ鵺の気配はない。土くれのにおいがするばかりなのだ。

大丈夫か、と問う声がする。ぼやけた視界のさきに、駅員の心配そうな顔があった。桜蔵は泥に埋もれて仰向《あおむ》けに寝ていた。駅舎の裏手である。借りた台車を片づけようとしたさい、暗がりで足を滑らせたのだろうと駅員が云う。桜蔵には、まったくおぼえがなかった。植えこみをこえて転落するとはかんがえにくいが、たしかに彼はそこから斜面をころがったのだ。

駅員は桜蔵を助けおこしながら、気づくのがおくれたことをしきりにわびた。午后《ごご》九時をまわっていた。崖《がけ》の傾斜はゆるやかで土もやわらかい。桜蔵はためしに歩いてみたが足に痛みはなく、からだもなんともなかった。土にまみれただけである。

駅員に碑《いしぶみ》のことを、たずねてみた。駅構内にそれらしい碑はなにひとつないと云う。桜蔵はそのまま家にむかって歩きだした。

情けないのは、三時間ちかくも気絶していて、そのあいだに家のだれも彼の不在を気にとめなかったらしいことだ。宿がいそがしい時間帯であるとはいえ、彼の存在価値とはそのていどでしかない。腹立たしい一方、自分がなにほどの者でもないと知るのは、気持ちよくもある。肉の重みは、軽いほうが生きやすい。

うしろから、肩をたたかれる。

「こんなところで何してるの？」予備校がえりの真也だった。こがらしにふかれて、長い髪が彼女のほほや肩にまつわりついた。それを指でからめてたばね、ポケットからとりだしたピンで留めた。

「……ぶじでよかったよ、」

思わず云ったあとで、桜蔵は真也には通じないことだと気づいた。彼女の怪訝《けげん》な顔が、それをものがたっている。話をごまかそうとするうち、真也の帰りが早すぎると気づいた。

「模試のときは、いつももっと遅いよな、」

「……うん、実は早退してきたの。家に帰って横になろうと思って。電車に乗るまえに駅の医務室へはこばれたんだ。ホームで貧血をおこして、たおれたみたい。まるっきり、おぼえがないの。駅の人の話では、学生服を着た若い人が医務室まではこんでくれたらしいんだ。寝不足だったのかなあ。ちょっと休んだら楽になったから、予備校へいったんだけどね。用心して、はやめに帰ってきたとこ。学生は名前も云わずに立ち去ったんだって。……ロマンスをのがしたかな。」

真也はチョコレートをとりだして食べはじめる。「なんか感想はないの？」

「……べつに、」

「なかなかの美男だったって。」

チョコレートの半分を桜蔵にくれようとして、真也は急に真顔になる。「……どうしたのその前髪。」つづいて桜蔵のひたいをなでながら、ふきだした。

「自分で切ったんでしょ？……ああ、そんなみっともなくなってどうするの。」

桜蔵はふだん、前髪をおろしていない。だが、指でふれてみるかぎり、たしかに前髪がある。真也を見おくったあとで、彼は家の洗面台に直行した。わかれぎわにキスをしようとしたとき、真也があんまり笑うので唇にふれることができなかった。

桜蔵は鏡をのぞきこんで絶句する。前髪は、銀杏《いちょう》の葉をさかさにしたようなかたちに切り落とされていた。つまり、桜蔵があの男に削がれたものとは、前髪だったのだ。それとも、鵺が必要とした黒髪の分だったのか。

鵺の姿を見たのは桜蔵だけである。だが、夢ではなかったあかしに、桜蔵が駅からひきとってきた荷物は離れで発見された。しかも、頑丈にくるまれていたのは米ではなく、古びた碑だった。真也になりすました鵺の案内で見つけた碑と、そっくり同じものだった。年号は祖母が生きた時代より、さらに古い。曾祖母《そうそぼ》の娘時代くらいだろう。

電話が鳴る。家に帰りついた真也が連絡をよこしたのだ。母親に伝言を聞いたと云う。

「さっき、云ってくれればよかったのに、」

「……ごめん。電話をもらっておいてなんだけど、用を忘れた。」

「へんなの。でも、今夜は気分がいいから許すよ。今ね、ひさしぶりに体重計にのってみたら、へってるんだ。このところチョコレートの食べすぎだと思ってたのに、五百グラムも。」

桜蔵は廊下にこぼれた米粒を目に浮かべた。消えた真也の肉と釣りあっているのかどうか、それはわからない。せめて彼女の鳩くらいは拝ませてもらっても、罰《ばち》はあたらなかったろう。桜蔵は電話口でそんなことを考えた。

第9章　一夜半《ひとよわ》

学期末試験の最終日、終業のベルとともに生徒たちは足ばやに学校から遠ざかる。桜蔵《さくら》もまた、気晴らしに映画でもみにゆくつもりでいたのだが、門を出たところで、よく知った男に待ちぶせされた。

学生服の男子生徒がいっぱいにひろがって歩く道に、男はからだによくなじんだグレイフランネルのコートを着てたたずんでいた。ただそれだけでも目立つのに、容姿もかなりのものだ。粋がって歩く若者たちは男に一瞥《いちべつ》をくれながらも、あっさり負けをみとめて、なにごともなかったようにとおりすぎてゆく。

男は田舎道でたまたま出喰《でく》わした羊の群れでも見おくるようなまなざしで、若者たちをながめている。人波がとぎれたところで、はじめて気づいたように桜蔵をうながし、学生たちが目ざす駅とは逆方向へ歩きだした。

「……男ばっかりだな。」

「男子校だから。」

「そういう意味じゃなくてさ、」浜尾《はまお》は路地に停めた車をさして、ちょっと出かけないか？　と桜蔵をさそった。とうぜんのごとく、磨きたてた高級外車だ。だが、ひかえめに風景のなかにとけこんでいる。この男は、すこしのあいだなら路上に停めても平気な場所をみつける特技を持っている。頻繁に路上駐車をするが、違反でつかまったことは一度もない。

桜蔵はかつて浜尾に待ちぶせされた経験はなかったので、今回のこれが、なにを意味するのか、はじめに確認しておく必要があった。

「きょうは、なんでおれのところへ？」

浜尾にたいして、「左近」のなかではそれなりの言葉づかいをする桜蔵だったが、そとで逢《あ》えば柾《まさき》にたいするのとだいたいおなじ口ぶりになる。

「このあいだ女将《おかみ》にたのまれて、部屋を融通しただろう？　急なお客がはいったとかでさ。桜蔵を誘ってもいいならゆずると条件をつけて、女将が承知したんだよ。」

鵺《ぬえ》があらわれた晩のことだ。

「……おれは承知してないんだけど、そんな話。」

「安心しろ。昼めしを喰おうってだけだ。桜蔵を喰わせろとは云ってない。」

「云い草だな。車で連れ去ろうとしているくせに。」

「菊《あ》っちゃんは、もっと素直に乗ったぜ。」

弟の幼さを知っている桜蔵としては、聞きずてならない台詞《せりふ》だった。

「……子どもには興味がないはずだろう？」

「だから、めしをおごっただけだよ。誕生祝いで。菊っちゃんが、すごくいい店があるからそこでご馳走《ちそう》してくれって云うんでさ。桜湯って湯屋のちかくに玉屋ってのがあるだろう。くんせい玉子としょうゆ玉子が自慢の。」

「あんな店にいったの？　浜尾さんが、」

「菊っちゃんの希望にそったまでだ。うまかったぜ。」

「そりゃ、あすこの玉子はうまいけど、近所の商店のおやじがひと風呂《ふろ》あびた帰りによるような店だよ。」

「柾だっていくんだから、いいじゃないか。」

「浜尾さんには、にあわない。」

「ほめことばかな？」

「どうとでも、」

桜蔵は浜尾の車に乗りこんだ。借りがあるのなら、利子がふくらまないうちに返しておく必要がある。

「おれも玉子料理がいいな。」桜蔵は、かるい調子で云ってみた。

「残念ながら、きょうはきみに選ぶ権利はないよ。」

「でも、制服だから、まともな店にははいれない。」

レストランなどでは、学生服をこばむ店が多い。桜蔵はそれを逃げ口実にするつもりだったのだが、やぶへびだった。

「服ぐらい買ってやるさ。ただし、おれ好みで。」さらに、車が信号停止したところで、「下着もだ。」と耳もとでささやいて桜蔵をだまらせた。


昼は道路ぞいのカフェテリアで簡単にすませた。その後、浜尾は都心へむかって車を走らせ、桜蔵にはなんの断わりもなくシティホテルの駐車場へ直行した。

「今夜はここに予約をいれてある。」

「……おれは帰らせてもらうよ。」

「だから、かんちがいするなって。ここに泊まるのは週末の家族サービスだよ。おれが妻子持ちなのは知ってるだろう？　クリスマスだからさ。娘はまだ、サンタクロースに手紙を書く年ごろでね。」

「クリスマスは二週間もさきだよ。」

「ばかだな。当日は本命とにきまってるだろう。」

「逆だと思うけど。当日こそ家族につくして世間体と信頼をたもつものなんじゃないの。」

「甘いな、桜蔵は。奥さんにも本命はいるんだよ。娘はお友だちの家におよばれだ。とうぜん、憎からず思っている男の子の家に。」

「……つまり、それが関係性の社会学ってことか。」

「桜蔵は、あの彼女といっしょにすごすんだろう。」

「受験直前だから、年末はなにもなし。初詣《はつもうで》はいくかもしれないけど、合格祈願をしに。」

浜尾はフロントに車のキーをあずけ、そこからはタクシーに乗って銀座へでた。着かざった人々がむれる年末の街かどでは、制服のピーコートを着た桜蔵のほうが周囲となじまない。だが、浜尾好みの服を着せられるというのも、彼にとってぜひともさけたいことだった。浜尾が「左近」へ連れてくる遊び相手は、ビジネススーツの男ばかりなのだ。ネクタイに象徴されるなにかが、浜尾には重要なのだった。

「なあ、ひとつたのまれてくれないか？　訪ねてもらいたい家があるんだけどさ。」

「なんできくんだよ。きょうは、おれに断わる権利はないんだろう？」桜蔵はすねてみせた。

「あれは桜蔵を連れだす口実だ。女将のたのみに条件をだすわけはないよ。こっちがいつも世話になってるのに。」おとなたちは、こうやって若者を手玉にとる。桜蔵は身にしみてそれをかんじた。

「で、どこへ？」

「おれの伯母《おば》の家。そこへいって、息子のふりをしてもらいたい。」

「……その伯母さんって人は、ぼけてるの？」

「まあ、そういうことになるかな。彼女は今、四十五歳くらいなんだよ。むろん、本人の認識ではって話で、実際は六十五歳だ。おれの父の二歳うえの姉で、亡夫がのこした土地つきの建物に住んでる。実印を持たせておくのはあぶないから、ぼけが進まないうちに公証人のたちあいで父があずかろうとしたんだが、すでにおそかった。息子にしか実印はわたさないと云ってさ。ところが、その息子はもういないんだ。十七歳で病死してる。」

「つまり、その息子になりすまして、実印を受けとれってことか。」

「ものわかりがいいな。」

「ぼけてるなら、診断書の提出でどうにかなるんだろう？」

「それが、計算はできるし、本は読めるし、会話もまともだ。息子が二十年前に死んだことだけをみとめないんだよ。彼女は今、四十五歳だからね。」

浜尾にしては、どうも話の切れが悪い。そもそも熟女を云いくるめるのは浜尾の特技であり、ひとまかせにするはずはない。桜蔵は浜尾がなにかをたくらんでいるのだと直感したが、試験もすんでほかに予定もなかったので、ひきうけることにした。夫の死はうけいれたくせに、息子の死はみとめないという未亡人にも興味があった。それはむしろふつうであると知るには、桜蔵は若すぎた。

桜蔵に訪問さきの地図を手わたした浜尾は、家族を待たせているフルーツパーラーへむかった。週末はよき父親を演じるというわけだ。桜蔵は尾行して浜尾の妻や娘の顔を見たい衝動にかられたが、思いとどまった。

未亡人の家は、築地《つきじ》にちかいふるびたビルの屋上小屋だ。いわゆるペントハウスというもの。階下は事務所などに貸している。六階建てだがエレベーターは故障中で、桜蔵はひとりがやっととおれるほどの、せまい階段をのぼった。古雑誌のたばや段ボール箱をなんどもまたいだ。

屋上小屋は文字どおりの小屋ではなく、階段室と棟つづきで構造はしっかりしている。周囲のビルのかげでわずかな日なたしかなかったが、住人はそこに鉢植えをならべて屋上菜園をたのしんでいた。金あみがこいには洗たくものをつるすロープがわたしてある。

呼び鈴にこたえて、肩までくらいの長さの髪を真んなかわけにした、こがらな婦人が顔をのぞかせた。白髪はまだそれほど多くない。黒髪のアクセントになるていどだ。昔はさぞや黒目がちの美人だったろうと思わせる顔だちで、気のきいたすみれいろのカシミアのアンサンブルを着ていた。ツイードのフレアスカートをはいている。年配の婦人としてはまともな服装だった。正気をうたがう要素はどこにもみあたらない。

「よくきたわね。ずいぶん、ひさしぶりじゃないの。」

戸口で、桜蔵はそんなふうに迎えられた。未亡人の息子の名前は芳《かおる》と云う。その彼と自分の容姿が似ているかどうか、桜蔵は浜尾に確認しなかった。思いが強すぎる相手の顔はおぼえられないという話も聞くから、このさい、年かっこうが似ていればいいのだろうと開きなおった。

未亡人に試験はどうだったのときかれ、桜蔵はまあまあとこたえた。実際の手ごたえもそんなものだ。一応、彼は成績上位者である。

生前、ボート部の選手だった芳は、練習場にちかい寮で暮らしていた。母のもとへは、たまにしかもどらなかった。桜蔵は池に浮かべる遊覧ボートをこいだ経験しかないが、未亡人になにかきかれたら「このあいだの競技会で負けたから、その話はしたくないんだ」とでも云っておけ、と浜尾に智恵をつけられた。

屋上小屋の内部は八畳くらいの板の間で、居間と寝室の兼用だ。もし芳が生きていたら、ここで母子が暮らすのはむずかしい。金糸の縫いとりをほどこした朱いろのサテンでおおったベッドが室内の大部分を占め、窓ぎわにひじかけ椅子がふたつ、テーブルをはさんでならべてある。すみに書きもの机がひとつ。洗面台とならんで、コンロをおいただけの小さな台所がついている。窓のそとに洗たく機がある。

「用足しは、したの階の共同トイレをつかうの。風呂《ふろ》は裏手のビルのサウナへいくのよ。」

未亡人は、わざわざそんな説明をした。家主として悠々自適の彼女は、屋上菜園の世話のほか、本を読んだり編みものをしたりで一日をすごしている。「芳ちゃん、いいお天気だし、ちょっとそとへでましょうか。なにか買ってあげるわ。」

未亡人が実印のことをみずから云いだすのを待っていた桜蔵は、気分を変えるのもよいかと思い、誘いに応じてそとへでた。身じたくをととのえ、火のもとをたしかめて戸じまりをする彼女の態度には、ぼけていると思わせる気配はすこしもなかった。

老舗《しにせ》の文房具店で、彼女は来年の手帖《てちょう》とカレンダーを買った。日付の認識も正しい。支払いをすませて、つり銭を財布にしまうしぐさもごくふつうだった。年齢だけが、二十年まえに逆もどりしている。

紳士洋品店で彼女はマフラーをえらび、それを桜蔵にあたえた。彼女が云うところのホウムスパン（手紡ぎ）で、チェックがらの風あいのよいマフラーだ。桜蔵はすすめにしたがって、さっそく首にまいて歩いた。風のおだやかな日であったのでマフラーはあまり必要でなかったが、彼は礼儀を重んじた。

化粧室にむかった未亡人とわかれて十五分ほどたった。桜蔵はデパートの一階で待っていたが、さらに十分がすぎても未亡人がもどらないのを案じて、デパートの案内係に相談した。かるいぼけの症状がある人なので、どこかでまよっている可能性をかんがえた。化粧室で気分が悪くなっているのかもしれない。呼びだしの放送をしてもらうと同時に、ねんのため、各階の化粧室を確認してもらった。

未亡人の名がなんどか放送された。「お連れさまが一階正面玄関にてお待ちでございます」という案内のとおりに、桜蔵はなおもしばらく待った。保安の係員があらわれ、店内の化粧室にそれらしき婦人の姿はなかったとの報告があった。警察に相談してみては、とすすめられる。

そんなさなか、桜蔵のまえに見知らぬ若い男があらわれた。会社員ふうの身装《みなり》で、二十二、三歳の男だ。未亡人の連れはきみかときく。

「そうですけど、」

いぶかしむ桜蔵に、男は未亡人からことづかったと云って封筒をさしだした。なかには、ふるびた鍵《かぎ》がひとつはいっていた。凝った彫金細工のヘッドがついている。

「……なんの鍵?」

「部屋の鍵だと思うけど。」

「どこの？」

「それはきみのほうが知ってるだろう。ぼくは彼女に金を支払い、その鍵を受けとったんだ。そういう段どりだから。」

「……段どり、」

「きみ、もしかしてはじめて？」

「だから、なにが？」

そのころには桜蔵も鍵の意味するところを、おおよそ理解した。あの屋上小屋が、あいびきの宿になるのだ。「左近」のような家で育った彼にとっては、すこし頭をつかえばわかることだ。だが、理解と了解はちがう。未亡人と若い男のあいだでどんな話がついていようと、いっぽうの当事者である桜蔵にはなんの説明もないのだ。

若い男はあまりしゃれているとはいえないナイロンのハーフコートを着ていたが、そのわりに姿はよかった。強引そうな風貌《ふうぼう》でもない。桜蔵はそこに期待した。

「おれがある人物にだまされたと云ったら、あなたは信じてくれるかな？」

桜蔵の問いに、若い男はことさらに共感をしめしてうなずいた。「……そんな気はしたんだ。……なんというか、きみがあまりにも完璧《かんぺき》だったから。これは、死ぬまえに見る幻じゃないかと、さっきからずっと思ってた。」

「おおげさだな、」

「世の中に、こういう女がいるとわかっただけでもよかった。」

「……女ってなんだよ、」

「名前を教えてもらえるかな？」

「芳。芳《かんば》しいという字の。」

「きみにふさわしい名前だね。……ホテルへいくのはあきらめるけど、もしよかったら、軽く食事でも。」

桜蔵は空腹でもあったので若い男の誘いにおうじて、ちかくのカフェ・レストランにはいった。店内は年忘れの宴会へむかうまえにまちあわせをしているといったようすの人々で混雑していた。

桜蔵と男は、それぞれキッシュと温野菜とチーズを一皿に盛りあわせたものを注文した。男はビールをのみ、桜蔵はミネラルウォーターをたのんだ。彼はいつものくせで、切りわけたキッシュのうえに、きざんだ野菜をのせ、チーズをかさねる再構築をナイフとフォークをつかって器用にやってのけた。

若い男はそれをたのしそうにながめ、ビールをのんだ。

「うわさで聞いたことがあるんだ。女を育てる名人がいるって。あったことはないけど、柾さんって人。」

「その女って、文字どおりの女ではなく、かっこつきの（女）ってこと？」

「ぼくたちは、あえてかっこはつけないけどね。これまでロクな女にあわなかったな。ふたりで映画をみて、そとにでたら財布がなかったり、ホテルへいって乾杯したところで記憶がとぎれてたり。そのときは、朝になって気づいたら、財布もくつも服もなかった。おまけに、ホテルの支払いもすんでいない。」

「そんな状況で、どうやって家まで帰るの？　警察に泣きつくとか。」

「まさか。……そんなときに連絡すれば手だすけしてくれるのが未亡人なんだよ。着がえと財布を持って、かけつけてくれる。」

「変な世界、」

「きみだって未亡人を知ってるんだから、同類ではあるんだろう。今夜だって、相手がぼくなんかじゃなく、もっといい男だったら承知したんじゃないかな。」男はため息をつく。

「さっきも云ったとおり、知人にだまされたんだよ。そいつは未亡人を身内だといつわった。うまく取りいって実印のかくし場所をさぐって来いって云われてさ。……ところが、手にしたのはこの鍵だ。」桜蔵は若い男から受けとった鍵を指さきでもてあそんだ。

「……好きなんだね。」

「誰を？」

「その知人。」

「冗談だろ」桜蔵は即座に否定した。

「きみは未亡人の家だと思って、その部屋を訪ねたの？」

「……トイレのある場所や、近所のサウナなんか教えてくれて、おかしいとは思ったんだ。菜園があるんだよ。この季節だから冬枯れてたけども、夏にはなにか収穫できるんだろうな。」

「案内してもらえるかな。今夜はそこへ泊まるよ。」

「自分の家へ帰れば？」

「東京へは出張で来てるんだ。ホテル代はもうないから。ひきとめて悪かったね。」

桜蔵は屋上小屋があるビルのまえまで男を案内した。そこでわかれて帰るつもりだったが、未亡人の部屋に学校かばんをおいてきたのを思いだした。さっきは故障していたエレベーターが動いていた。若い男とそれに乗りこんだ。ふたり乗りかと思うほどせまい。同情したわけではないが、桜蔵は男にキスをゆるした。そこが彼の甘さで、屋上階へつくまえに意識を失った。

気づいたときは朝だった。屋上小屋の室内が朝焼けで、ばらいろに染まっている。

「芳ちゃん。紅茶でもいかが？」未亡人の声がする。桜蔵はベッドのなかにいて、裸だった。

「一階の裏のとびらをでた路地のさきに、サウナの入り口があるから、紅茶をのんだらいってらっしゃい。はい、あたらしい下着とおふるのジャージ。でも、洗ってあるわよ。これはサウナ代。タオルや石けんはフロントで買ってね。サンダルはベッドのした。ちゃんと帰ってくるのよ。それまでに、シャツにアイロンをかけておいてあげる。」

窓のそとの、ものほしロープに洗たくものがはためいている。桜蔵の制服のシャツもそこにあった。彼はそのほかの衣類にはあえて目をむけなかった。裸であるということが、すべてを物語っている。彼は布団にもぐったまま、半身をおこしてふるまわれた紅茶をのんだ。それから、ジャージを着こんであたらしい下着をふところにしまい、サンダルをつっかけて素直にサウナへいった。からだに傷はなかったので、まともにあつかわれたのだろうということだけを納得した。

ジャージを脱ぐときは見おとしたが、着がえて鏡をのぞきこんださい、桜蔵は胸にぬいつけた名札に気づいた。油性ペンの、色あせた文字で浜尾芳と書いてあった。

サウナのフロントで家に電話をいれた。これが現実なら、桜蔵は母に無断で外泊したことになる。電話口に出たのは千菊《ちあき》だ。「浜尾さんが連絡をくれたから、だいじょうぶだよ。おかあさんは、この年の瀬にちかしい人のご不幸があると、たいへんよねって云ってた。桜蔵も高校生なんだし、通夜の手つだいくらいできるでしょって。……ああ、あれもらってきてね。ハスの花の乾菓子《ひがし》。小菊のでもいいよ。白くて花びらがいっぱいの。」

千菊はうっとりした声になる。この弟は幼いころから、通夜や葬儀の席でそなえられる白雪糕《はくせっこう》が好きで、それを持ち帰ってしばらくながめている。しまいに番茶にとかしてのむ。桜蔵には理解できない味覚だ。近ごろは白青まんじゅうのほうが一般的になり、乾菓子は盆迎えにそなえるものになった。だが千菊は、弔事にはいまだにあの菓子があると思いこんでいる。

桜蔵は芳のジャージを着て、屋上小屋にもどった。未亡人は約束どおり、アイロンをかけたシャツを用意して待っていた。

「一史《かずふみ》さんから伝言があるの。Tホテルのティーラウンジで待ってるそうよ。朝食をおごってもらいなさいね。ここには粗末なものしかないから。」一史さんとは、浜尾のことだ。桜蔵は、そんな伝言は聞き流して帰ろうかと思ったが、未亡人に実印らしきものを手わたされて、おもわくが狂った。

「芳さんにあずかっておいてほしいの。私もひとり暮らしだから、いつなにがあるかわからないでしょう。一史さんに相談して、銀行の金庫にでも保管してちょうだい。こんどの競技会、がんばってね。」

革張りの印鑑いれごと手わたされた。桜蔵はそれを持ってTホテルへむかった。浜尾が家族のために予約したのとはべつのホテルだ。ティーラウンジは見とおしがよく、桜蔵は窓ぎわのテーブルでおりたたんだ新聞を読んでいる姿のよい男をすぐにみつけた。柾もそうだが、この男たちはホテルのラウンジやロビーのように多くの人間があつまる場所でも、みつけにくいということはまずなかった。

浜尾にはめずらしく、アンタイドの服だ。休日なので、とうぜんでもある。桜蔵は用件をすませてさっさと立ち去るつもりだったが、すわれよ、とうながされて気をかえた。テーブルにならんだスコーンやゆで玉子に惹《ひ》かれた面もある。桜蔵は空腹だった。浜尾に実印の印鑑いれをわたして、朝食にありついた。

「なかみはどうした？」

浜尾の手もとには、ふたをあけた印鑑いれがある。からっぽだった。錦糸織りの布だけがむやみにきらめいている。桜蔵は未亡人から印鑑いれをうけとったさい、なかみを確認していない。ピーコートのポケットをさぐった。でてきたのは、あの若い男に手わたされた鍵だけだ。浜尾はそれを手にしてしばらくながめていたが、そのうちヘッドをかるくひねって本体からはずした。そこに印章があった。印鑑いれは、最初からフェイクだったのだ。浜尾は笑い声をたてた。

「……まいったな。まさか、ほんとうに手にいれてくるとはね。なにものなんだ、おまえって。」

桜蔵はエッグスタンドの半熟玉子のからをわってナイフで切りわけ、それをバターとマーマレードをぬったパンケーキにのせてハチミツをまわしかけているところだった。

「……女は、みんなおなじことをするんだな。そうやって、食べものをむやみに混ぜあわせる。」

「リミックス。このほうがうまいんだ。……だれが女だって？」

「この印鑑は、おれの従弟《いとこ》の芳が死んでから二十年ものあいだ行方不明だったんだ。財産の話は全部ウソだ。芳が自分の名義でつくった通帳の、この届け印がどうしてもみつからなかった。当時の高校生にしては多すぎる残高だ。むろん、伯母《おば》もそんなこづかいはあたえていない。……芳も女だったからな。男を釣ってたんだろうけど。この鍵はどうした？」

「教えない。」

「まあ、いいさ。おまえもからだを張ったわけだし。……あの未亡人は蛇なんだぜ。」

「伯母さんってのもウソなのか、」

「あの女は俗に云う口寄せ。芳の鍵のありかをみつけたらおまえを喰《く》ってもいいと云っておいた。……ほら、昔ばなしにあるだろう。若い僧が高僧のおともででかけたさきで、高僧の用事がすむのを待っているあいだに居ねむりして、美しい女とまじわる夢を見た。目をさましたら、前がはだけてあられもないことになっていたってのが。で、足もとに蛇がいて、口から白いものを噴いて死んでるんだ。」

「どこの昔ばなしだよ。……浜尾さんも、柾とおなじだ。アタマのつかいすぎで頭が狂ってる。」

「説話では、人間とまじわった蛇は死ぬんだよ。未亡人が生きてたってことは、おまえは人間じゃないってことだ。」

「だから、それはあの未亡人が蛇なんかじゃなく、ただの人間だったってことだろう?」

「平気な顔で云うんだな。喰われたんだぜ、」

「だれのせいだよ。」

桜蔵はリミックスした朝食をきれいにたいらげて、席をたった。

「うまかった。ごちそうさま。」

「鍵の礼は、あらためてするよ。これで、芳のいい供養ができる。」

「どこかで白雪糕を売ってないかな。千菊がほしがるんだ。浜尾さんが悪いんだよ。あいつに通夜だなんて云うから。」

「菊っちゃんの好物は玉子だけじゃないのか。」

「……千菊も女なんだろう？」

「いいや。彼は根っからの男。いい男になるよ。柾の息子だから。」

「浜尾さんは知ってるの？……おれが柾と血がつながってないってこと。」

「知ってるよ。だけど、これ以上はなにも云わない。今も将来にわたっても。」

「べつに、かまわないさ。ほかに知りたいこともないから。」

浜尾は笑みになる。

「……いい女になったよな、おまえ。ほんと、柾は名人だよ。」

家まで送ると云って、浜尾は桜蔵をドライブに誘った。とちゅう、伊皿子坂《いさらござか》ちかくの小さな店で白雪糕を買った。芳の墓もちかくにあると聞き、桜蔵はたちよることにした。墓前にハスの花をかたどった白雪糕をそなえ、手をあわせた。

かえりがけ、車はまっすぐ「左近」へむかわずに寄り道した。桜蔵としては、からだのなかに芳が棲《す》みついてしまったのだとしか説明がつかない。

第10章　件《くだん》の男

学校がえり、桜蔵《さくら》は柾《まさき》のクリニックによった。正月にすこしだけ顔をあわせたが、今年は年始の休日診療の当番医であったため、急患に呼びだされて屠蘇《とそ》どころか玄関さきで靴も脱がないうちにとって返した。

そんな一月なかばすぎ、めしでも喰うか？　と連絡があった。その日は土曜日で、午前中に補習授業があった。千菊《ちあき》は中等部の学校行事の音楽会にでかけている。桜蔵は学校がえりにひとりで父のもとへむかった。

駅からクリニックまでの道すがら、桜蔵は学校仕様《おしきせ》のピーコートを脱いで腕にかかえこんだ。朝のうちは大寒らしく冷えこんでいたが、正午にかけて急に気温があがった。上着も要らないくらいである。

クリニックの玄関さきに着いた桜蔵は、そこで学生ふうの若い男をみかけた。休診の札がでているためか、とほうに暮れたようすでたたずんでいる。

「具合が悪いんですか？」

桜蔵は男に声をかけた。ふりむいた男は蒼白《そうはく》で、立っているのが不思議なくらいの、あきらかな病人の顔だった。そのまま、からだをおりたたむようにくずおれた。桜蔵は手にしていたピーコートを男にはおらせ、柾を呼びに通用口へ走った。柾はすぐに診察におうじ、桜蔵は待合室へまわって内がわから玄関のとびらをあけた。だが、そこに男の姿はなかった。桜蔵のピーコートだけがのこされていた。

「……消えた、」

診察室の柾に、桜蔵は釈然としない顔で報告した。

「消えたものが、男だけならいいけどな。」柾は、桜蔵の違和感をみこしたかのような揶《や》揄《ゆ》を口にする。だが、その予測は微妙にはずれてもいた。桜蔵は腕にかかえたピーコートがいつもより重いとかんじていたのだ。消えたのではなく、よぶんなものがある。歩きながらポケットに手をいれ、その原因をさぐりだした。彼はふだん、ピーコートのポケットはカラにしておく。

そこにはおぼえのない手帖《てちょう》があった。コートをかかえる彼の手ごたえでは、それ一冊分よりもはるかに重くかんじられた。

「どうかしたか?」柾は察しよくきく。

「……べつに、なんでもない。」

いったんとぼけた桜蔵は、電車のなかで柾が見ていないすきに手帖をとりだした。軍鶏《シャモ》の水炊きを食べにゆくところである。柾はどこかの老婦人に話しかけられている。患者のだれかかもしれない。世間では、ものごしのやわらかい医者との評判だ。

手帖の表紙には今年の西暦が箔《はく》おししてあった。学校友だちの手帖がまぎれこんだのかと思い、桜蔵はぱらぱらとめくった。そこで、首をかしげた。

今年の手帖のはずなのに、きょうの日づけをすぎたところにまで書きこみがあった。世の中には、数ヵ月さきの予定をきめておく人間もいる。だから、それ自体に不思議はないのだが、問題は手帖の持ちぬしがまだめぐってもこない日の天気を日づけの横に書きこんでいることだった。

さらに、数日さきの円相場や経済記事、ラグビーやサッカーの試合結果、競馬の勝ち馬なども細かな文字で記してある。そのいっぽう、持ちぬしにつながる情報はない。住所や名前はどこにも記されていなかった。桜蔵のピーコートにどこで紛れこんだのかもわからない。可能性が高いのはクリニックの玄関にいた若い男だが、学生ふうの外見と手帖の書きこみの内容が、ややそぐわない。

桜蔵は拾得物として交番にとどけるのをすこしさきにのばすことにした。きょうの日づけのところには株に関する記事のぬき書きにつづいて「男より電話あり。話したくなかったので、すぐに切った。日中は晴れ。夜半より雪」と記されていた。

桜蔵は柾に連れられて軍鶏鍋《なべ》の店にはいった。座しきにあがってくつろぎ、お通しと酒がはこばれてきたところで、手酌の柾がさりげなく云う。

「そろそろ吐けよ。」

「……なにを?」

「浜尾《はまお》だよ。このあいだ、いったいだれが死んだのか聞いておこうと思ってさ。いっしょに通夜の手伝いをしたんだってな?」

そう云うからには、柾はなにもかも承知なのだ。男たちは学生時代からのつきあいである。その深さも縁も桜蔵にはわからないが、ひとつ理解できるのは彼らには独特の信頼関係があるということだ。

「浜尾さんにきけば?」

「おまえにきいてるんだよ。」

唐紙《からかみ》があいて、店の若い者がスープをはった鍋をはこんでくる。つづいて女将《おかみ》が軍鶏と野菜をもってあらわれ、「ご自分でなさりたいんでしょ? おじゃまはしませんよ。しばらくしたらうかがいますね、」と昵懇《じっこん》らしい口ぶりで云う。桜蔵には暖房が暑すぎないかと声をかけ、彼がなにも云わないうちに座敷の窓をほんのすこしあけて出ていった。

昔ながらの木造家屋の料理屋で、ちょっとした庭もある。窓のそとに、ちらほらつぼみのついた梅の枝が見えた。

「芳《かおる》って人。」

「とっくに死んでる。浜尾のひとつちがいの従弟《いとこ》で、最初の女。」

「柾も知ってるの？」

「すみずみまで。」

あっさりと云う。男たちの仲を勘ぐってみた桜蔵だが、今さら昔ばなしを聞いてもはじまらない。鍋を味わうのに専念した。柾は桜蔵の食欲をたのしそうにながめている。女将が雑炊にしましょうか、とききに来てさがったあとで、桜蔵は手帖をとりだして柾にみせた。浜尾の話からそらすにはいい口実だった。

「どう思う？」

「さあねえ。気になるなら、儲《もう》かるかどうか試してみればいいだろう？　馬ならつきあってやる。」

勝負ごとのすべてに、柾は独特の冴《さ》えを見せる。直感ではなく、記憶力や冷静さが人よりまさっている。だが、桜蔵が関心をよせるのは結果よりも、ゲームに参加しているときの柾のしぐさや手つきだった。いかさまをするわけではないが、たとえそれを実行しても、だれも気づかないだろうと思わせるほど、視線を誘導するのがたくみなのだ。

「今夜の天気があたったらかんがえるよ。予報では、雪がふるなんてひとことも云ってなかった。」

「雪なら、ふるさ。」

なんで？　ときく桜蔵の問いにはこたえず、柾はものおもいにふける。やや憂いをふくんだ表情をながめているうちに、桜蔵は気づいた。きょうは浜尾芳の命日なのだ。その日も雪だったと、浜尾が話していた。

女将がやってきて鍋にのこったスープで雑炊をこしらえ、黄身の澄んだ玉子をまわしかける。招《よ》ばれなかったことをすねるだろう弟にわびつつ、桜蔵はほとんどひとりで雑炊をたいらげた。女将が地鶏のゆで玉子をつつんで持ってきた。柾があらかじめたのんでおいたものだ。それを千菊へのみやげにする。


午后《ごご》四時すぎに、柾とつれだって「左近」へもどった。休業日である。番頭と板前はいない。路地の勝手口からはいる。千菊とつきそいの母は、引率教師の羽《は》ノ浦《うら》をさそって夕食をすませてくる予定だ。

茶の間の仏壇に、白雪糕《はくせっこう》がそなえてある。五つあったうちの、まだ三つがのこっている。

桜蔵は台所から茶菓《さか》をはこんできた。

「伊皿子坂《いさらござか》へいったのか？」

「うん、……浜尾さんが、」

「なんだよ。はっきり云え。」

「浜尾さんが、連れていってくれたんだ。白雪糕を買って、それから芳さんの墓へもよった。どんな人だったのかは教えてくれなかった。」

「いい女だったよ。」

「……浜尾さんととりあったのか？　芳さんのこと。」

「そんなわけはないだろう。……えらぶのは私でも浜尾でもない。芳がきめることだ。」

「あきらめがいいんだね。」

「女には指図なんてできない。おまえも好きにすればいいよ。」

「だから、おれは女じゃない。医者のくせに、なんなんだよ。」

「女は女だ。……具体的に証明してやってもいいが、浜尾に手ほどきされたんなら、べつに必要もないか。」

　それに関して桜蔵にも云い分はあったが、勝手口のもの音にさえぎられた。千菊と母の声がする。羽ノ浦はいっしょではなかった。食事のあとで学校へひきかえしたとのことだ。

「来年度の入学試験の準備で、おいそがしいのよ。」

「金庫にしまった入試問題を盗まれないように交替でみはりをするんだって。」千菊がつけ足した。柾は料理屋のゆで玉子を千菊に手わたして、座をたった。母がすぐにあとを追いかける。

「お帰りになるの？　御飯はまだなんでしょ。ゆっくりしていけばいいのに。」

「今夜は雪になるから、ふりだすまえに帰るよ。」

「……晴れてるじゃないの。」母はいぶかしみながら、柾を表通りまでおくってゆく。千菊は、はやくもゆで玉子を食べるつもりだ。

「おまえ、夕食を食べてきたんじゃないのか、」

「玉子のぶんはべつなんだよ。それに、雪がふるなら、夜ふかしにそなえて腹ごしらえしておこうと思って。」意味不明のことを云う。桜蔵は説明を求めた。

「初雪の晩の真新しい雪のなかへ白雪糕を埋めておけば、朝には白い鳥に生まれ変わるんだよ。白雪糕のなかにはタマシイが宿るんだ。」

「だれの？」

「雪の日に亡くなった人のだよ。その日はタマシイも凍って結晶になるんだ。ふつうのタマシイは羽毛よりも軽いから天へのぼってゆくんだけど、結晶になったタマシイは白雪糕の花のなかに埋もれる。そのぶん旅立つのがおくれて、地上で鳥に生まれ変わるんだって。」

「……だれにそんなことを吹きこまれたんだか。」

きくまでもなく、柾にきまっていた。千菊が白雪糕をほしがるのも、柾がそんな話を聞かせたからだろう。話術がたくみな父は、ふたりの息子たちにそれぞれべつの話を用意する。千菊しか知らない話があることに、いくばくかの嫉妬《しっと》をおぼえた桜蔵だが、むろん彼には彼の話があるのだ。

柾は、こんなふうに語り聞かせた。雪の日に死んだ者のタマシイは凍ったぶんだけ長く肉体にとどまり、日をあびてとけるまで在りし日の姿を保つのだと。

手帖《てちょう》の記述のとおり、夜が深まるにつれて気温はさがり、夜半をすぎてついに雪となった。千菊はその直前までおきていたが、今は桜蔵にもたれかかって眠っている。桜蔵は弟のからだを軽くゆすってみたが、深く寝いっていた。今晩はふたりで雪見をするつもりで千菊の布団も桜蔵の部屋に敷いてある。そこへ寝かせた。こんな華奢《きゃしゃ》なからだつきの弟が根っからの男で、なぜ自分が女なのか、桜蔵はますます怪しんだ。

柾や浜尾が云うのは、身体的な意味ではないだろう。それは理解できるが、タマシイにも色があり、桜蔵のそれは女の色なのだと云われても、すんなり納得できるものでもない。帳場の電話が鳴る。こんな深夜にめずらしいことだった。朝の早い母はすでに眠りに就いている。桜蔵はかけつけて受話器をとった。

「……なぜ、逃げる。焦《じ》らすつもりか？」男の声には怒気がある。桜蔵には聞きおぼえのない声だった。

「どちらさまですか。申し訳ありませんが、本日は休業日です。ご予約でしたら、承ります。」

桜蔵は台帳をひろげて、ペンを手にした。「……ほかに男がいるんだろう？　わかってるんだよ。あの医者だ。どこも悪くないくせに、しげしげかよう。そんなにほれてるんなら、おれが手をかして心中させてやろうか。」

男は不穏なことを云う。桜蔵はもう一度相手の名をたずねた。無言である。そのまま電話が切れた。だれにむかってのことばなのか、さっぱりわからない。だが、たんなるまちがい電話とも思えなかった。桜蔵はあの手帖をひろげてみた。

元日のところにこんな記述があった。「急な腹痛で医者へゆく。薬（朝晩一錠ずつ）をもらう。思いがけず雨がふりだし、かさを借りた。アルバイト先にゆく。偽名で登録している。客に長電話をさせることで雇いぬしに手数料がはいる仕事。新聞を読んでおけと云われた。男は数字がらみの猥談《わいだん》が好きなのだ」、翌日「雨。男から電話。学校のことを問われるままに、こまごまと話す。むろん、でたらめだ。高校生になりすました」、二日後「くもり。医者にかさを返しにゆく。耳が聞こえにくいことについて相談」、その三日後「はれ。医者へゆく。耳の症状は改善したが、こんどは利き手の指さきにしびれ。薬（朝晩一錠）」、翌日「男より電話。険悪。危険をかんじ、雇いぬしに辞めることを相談。契約違反となるため、高額の罰則金を請求される。支払うあてなく、やむをえず継続。医者は休診」。

そこからしばらく、わざわざ赤字でしるした「休」の字が連続する。休診の意味ならば、柾のクリニックの休診期間とかさなる。正月休みの振りかえだった。そのあいだ、柾は妻といっしょに温泉郷ですごしていた。

桜蔵はあすの日曜日の記述を読んだ。「休診日。早朝、医者は道路の雪かきをしていた。ぼくはのどがやけるように痛み、声がでないと訴えた。応急手あてをうける。はれ」。

雪がふりしきる。しだいにあたりは白くなってゆく。山桜の裸木にも雪の華が咲く。桜蔵は千菊にかわって白雪糕を埋めようと庭さきへでた。地面はすっかり雪におおわれている。まだだれも歩いたはずのない雪のうえに足あとがあった。桜蔵はそこへ足あとをならべて息をのんだ。彼のくつ底のかたちとそっくりおなじだった。

桜蔵は足あとを追った。それは庭のそとへでて路地をぬけ、通りまでつづく。だが、そのさきは車の轍《わだち》に消されてたどれない。桜蔵は庭へもどろうとした。そのさい、背後からなにものかの手で羽がいじめにされた。口のなかに無理やり冷たい塊をおしこまれる。雪玉のようだったが、それをつきとめるまえに桜蔵のからだから力がぬけた。意識はあったが、声はでない。毛布にくるまれ、タクシーに乗せられた。

聞きおぼえのある男の声が運転手にいきさきを告げた。何駅もはなれた柾のクリニックを指定する。男の声は、さきに電話口で凄《すご》んだ人物とおなじだった。

「のぞみどおり、あの男と心中させてやるよ。」桜蔵の耳に息をふきかけながらささやいた。タクシーは雪道を徐行運転で走る。道が悪く、ひどく横ゆれする。男は、ささえるふりをよそおいつつ毛布のなかに手をしのばせ、桜蔵のからだにふれて戯《たわむ》れた。よけるすべのない桜蔵は、いきどおりをのみこむしかなかった。

まだ、夜あけまえだった。くぐもった窓のそとの街路灯が、しだいにはっきりと光をはなちはじめた。雪がこやみになっている。

柾のクリニックにちかづくころには星空になった。先代がこの土地で開業したのを、子の柾がついだ。ふるびた洋館を六年ほどまえに建てかえ、タイル仕上げのさっぱりした外観になった。桜蔵の意識のなかでは雪かきの音がしきりにひびく。

タクシーをおりた男は、つづいて毛布でくるんだ桜蔵を引きずりだした。日曜日は休診だが、連れを診察してほしいと云う男の要求を聞きいれて柾は玄関をあけた。桜蔵は、そんな柾の態度をいぶかしんだ。男にたいして、なにものかを問うこともなく、桜蔵を連れている理由も質《ただ》さなかった。歩くことのできない病人をふたりがかりで診察室へはこびこむ。柾は診察室にのころうとする男に、待合室で待つよう指示した。

桜蔵はからだの力がぬけたまま、診察台に横になっている。柾は脈をはかったのち、耳は聞こえるかと問う。桜蔵はうなずいた。指さきのしびれと腹痛についてもきかれた。指を動かしてみるように云う。痛みはなかったが、感覚はにぶい。そのさい、桜蔵はあることに気づいた。みずからの指のかたち。細い指だが、節の部分に算盤玉《そろばんだま》のようなふくらみがある。彼の、ほんらいの指のかたちではなかった。

……からだがちがう。それは桜蔵がなれ親しんだからだではない。だれか見知らぬ男のものだ。そこへ桜蔵の意識がはいりこんでいる。しかも、思うように動けず、声もだせない。柾の問いに、桜蔵はうなずくか、かぶりをふるしかできないのだ。雪玉をのみこまされたのどが痛んだ。柾が男を詰問しなかった理由を、ようやく理解した。桜蔵だと思っていないのだ。

待合室の男がなにかを罵《ののし》り、乱暴に診察室のとびらをたたく。柾はかぎをかけていた。

ものを投げつける音がする。どこかのガラスがわれた。男はわめきたて、なおも暴れる。防犯センサーが反応し、ブザーが鳴りひびいた。サイレンの音がちかづいてくる。柾は診察室の窓をあけ、警察官に玄関へまわるよう合図した。待合室の男はライターでカーテンに火をつけて抵抗したが、警察官にとりおさえられた。カーテンは防炎である。けむりをだしただけで燃えあがらず、すぐに消しとめられた。

騒ぎがおさまり、クリニックは静けさをとりもどした。そのころには桜蔵もからだをおこせるようになっていた。声はまだだせないが痛みは消えている。柾は診察室ととなりあった職員の休憩室へ桜蔵をみちびいた。鏡のまえをとおりすぎる。そこに映ったのは、あおざめて玄関まえにたたずんでいたあの若者だった。

室内に湯わかしと簡易コンロがある。ココアパウダーの缶を手にした柾が、のむか？と問う。桜蔵はうなずいた。だが、この得体の知れない男にまで、それを手ずからふるまおうとする柾に、桜蔵はかすかないきどおりをおぼえた。桜蔵にとってそれは、かぜなどで寝こんだときの、最良の滋養である。子どものころは、そのココアをのみたいばかりに仮病までつかった。

実のところ、桜蔵は柾の好みがよくわからない。浜尾のほのめかしによれば、柾は日常的に、すくなくない数の男と交渉を持っている。だが、浜尾とちがって「左近」であいびきをすることはなく、桜蔵は柾が情人《いろ》といっしょのところをまだ一度も目撃していない。

やかんをさして、初雪をとかした水だと云う。柾が買ってくるココアパウダーの缶は、かどのまるい菱《ひし》がたで、ダークブラウンの地にヘリオトロープの花綵《はなづな》と、かざりひものふちどりがつき、そのなかに銘柄のカリグラフィが刷りこまれている。パウダーは雲母《うんも》のようにうすくすけるシェルピンクの袋につめてあり、香りがよかった。柾は息子たちにふるまうときとおなじく、パウダーにきざみチョコレートをくわえて練り、牛乳をすこしずつそそぎながら湯煎《ゆせん》した。煮たつまえに、切れ目をいれたヴァニラビーンズを浮かべる。クリームはつかわず、仕上げにほんのすこしコワントローをたらす。柾はそれを、熱くても持ちやすいように把手《とって》がふたつあるマグについだ。

いつもの味だった。柾は自分ではのまず、あとかたづけをする。桜蔵はソファにもたれている。タイルの床に窓のかたちのままの日だまりがあり、矩形《くけい》のなかで陽炎《かげろう》がゆらいでいる。桜蔵は、からだがとけてゆくような感覚をおぼえた。柾がとなりへきて、こしかける。

「実を云えば、このあいだの薬は偽薬だったんだよ。きみが訴える腹痛には具体的な症状がなかった。耳については私の専門ではないが、きみの云うこともあいまいだった。それから、きょうの騒ぎ。そろそろまともな説明を聞かせてもらえるかな？」

柾は桜蔵の手のなかにある、からのマグをとってサイドテーブルにおいた。

「声はまだだせないようだから、こちらからきこうか。きみは、なにか目的があってここへくるらしい。ねらっているものは、なんだろうね。カルテか、書類か、それとも現金か。」

柾はわざと見当ちがいの項目をならべた。

「それとも、ほかにほしいものがあるのかな？」

手帖《てちょう》の持ちぬしのほしいものは、桜蔵にもわかりすぎるくらいわかった。だが、その男のからだに宿っている彼が、柾の問いにたいしてあっさりうなずいた理由については自分でも説明できない。

柾は若い男をだきよせて唇をかさねる。いったん寛容さをしめしたのちは、ほしがるものをあたえる男だ。若い男がまだ味わったことのないほどぞんぶんに。それをのぞんだのは桜蔵の意識だった。からだが自分のものでないことを云い訳にした。彼は自身のなかにひそんでいた欲望にとまどいつつも、柾から授けられる抱擁や口づけにおぼれた。

いつしか、桜蔵は闇のなかにいた。もはや手あしの感覚はうせ、柾がどこにいるのかもわからない。声もでず、耳も聞こえなかった。

「……蔵兄《くらにい》、……蔵兄ってば、」

千菊の呼びかけで、桜蔵は目をさました。病室だった。彼は「左近」の路地でたおれていたところを、縁さきから足跡を追ってきた千菊に発見されたのだ。そのままタクシーで柾のクリニックへはこびこまれた。それが、雪のふりだした土曜の夜半で、桜蔵の意識がもどったのは月曜日の朝だった。日曜日はまるまる昏睡《こんすい》していた。

柾のクリニックには点滴や安静が必要な患者の入院設備がある。桜蔵はそのベッドで横になっていた。

「おかあさんはついさっきまでいたんだけど、お店の準備があるから帰ったんだ。かわりにぼくがつきそい。」

「学校は？」

「きょうは休みだよ。中等部の入学試験だから。」兄弟の通う学校では、選抜試験が他校よりひと足はやく行われる。

「そうか。忘れてた。」

「……凍死するところだったんだよ。みつけるのが、もうすこしおくれたら、あぶなかったって。」

云いながら、千菊は涙をこぼした。

「心配かけて悪かった。……もうだいじょうぶだから、泣くな。見つけてくれて、感謝してるよ。」

「……おなか、すかないの？　ココアをのむなら、ぼくにつくらせて。おとうさんみたいにできないかもしれないけど、今は患者さんの診察中なんだ。」

桜蔵は「ぜひたのむ」と伝え、千菊は笑みを浮かべて廊下へでていった。すこしして、柾があらわれた。白衣を着ている。医者らしく診察をすませたあとで、ベッドわきの椅子に腰かけた。

「きのうの朝、雪かきをしているところへ青白い顔をした若い男が訪ねて来たんだ。この学生証を落としぬしに返しておいてくれと云って。」

柾が手にしていたのは、桜蔵の学生証だった。彼は落としたことに、まるで気づいていなかった。

「ここの玄関さきでひろったそうだ。連絡さきをきいておいたから、桜蔵からもちゃんと礼を云っておけよ。」

翌日、桜蔵は礼などよりも手帖を返す目的でその住所のアパートを訪ねた。験の悪い手帖を、さっさと手放したかった。男は不在である。おまけに桜蔵は、男に返すつもりだった手帖を紛失した。ピーコートのポケットにいれておいたはずが、消えている。伝言をのこすかどうかまよっているところへ、アパートの大家があらわれた。その部屋はすでに空き室だと云う。件《くだん》の男は大晦日《おおみそか》の晩に亡くなっていた。

第11章　うかれ猫

午前八時にいつものところでね。

連休前日の昼休み、学校の事務室に呼びだされた桜蔵《さくら》が、外線電話の相手に云いわたされたのが、そのみじかい指示だった。電話のぬしは柾《まさき》の夫人の遠子《とおこ》である。三十代なかばにしては貫禄《かんろく》じゅうぶんの、つまり人の意見は聞くが我を曲げない性質《たち》のまま半世紀をすごしたかと思われるほどの、強引さを身につけた女性だ。

桜蔵は日ごろから彼女に否《いな》と云うことなど不可能だとかんじていたし、この申しわたしにたいしてはとくにそうだった。

二月も雨水《うすい》をすぎれば、木の芽も目だってふくらんでくる。「左近」の庭にはうかれ猫が訪れ、夜通し狂おしい声でなきかわす。いっぽう、常連の男たちは、決算だの申告だのと、さけてとおれない現実に追われている。あの浜尾《はまお》でさえ、卒業をひかえた学生の世話に時間をさかれ、ほとんど姿を見せない。そのすきに「左近」もちょっとした休みをとる。

番頭と板前は前々からの計画があるらしく、ふだんあまり見なれない行楽姿で朝早くあいさつにたちよって、そのまま駅にむかった。千菊《ちあき》は中等部の課外活動で、引率の羽ノ浦《はのうら》

とも ども、学校が仕立てたバスに乗ってスキー旅行に出発した。宿泊する温泉街に、カラの黒い温度玉子があると教師に聞かされた千菊は、旅じたくのあいだもスキーはそっちのけで、玉子のことばかり口にした。

人も猫も浮かれているが、この休暇をいちばん心待ちにしていたのは桜蔵の母にちがいなかった。柾が車で迎えにきて、夫婦然としてでかけた。ふたりきりですごせる唯一の機会といってもよいこの季節の旅は、むろん正式な妻である遠子の黙認によってなりたっている。彼女はこの年中行事に口を出さないかわり、とうぜんだという顔で桜蔵を呼びつける。

まちあわせ場所に車であらわれた遠子は、桜蔵を助手席に乗せ、ゆきさきも告げずに走りだした。車は国産のハイグレード車で、熟年世代に好まれるモデルだ。服装も、実年齢よりも老けて見えるのをいとわない贔屓《ひいき》のブティックのものを好んで着る。千の花と呼ばれるブルジョア好みの薫りがする手いれのよい髪が肩をつつんでいる。

子どもじみたことにはいっさい関心のなさそうな彼女だが、ダッシュボードのしたに、車にも本人にもふつりあいな、ふるびたフェルト製の動物(トラだか猫だかクマだか不明)がつるしてあった。チープなうえに、ＯＫＯと彼女のニックネームまで刺しゅうしてある。

「だめよ、それにさわらないで。マスコットなんだから。女の指さきは魔力を減じるって云うでしょ。」

「……女ってだれのことだよ。」

「安心なさい。みかけやからだがそうだと云ってるんじゃないの。自分でも承知してるくせに。それとも、それ、つかえないの？」

「……それって、」

「ばかね。うろたえることでもないのに。ためしてみたいと云われたみたいな顔をして。」

「べつにおれは、」

「コーヒーをお願い。」

コンソールのカップホルダーをさして、遠子がさいそくする。桜蔵は保温ポットのコーヒーをついだ。

「真也《まや》ちゃんは、現役で合格できそうね。」

「……たぶん、」

「うれしくないの？　ご馳走《ちそう》は目前ってことなのに。」

「だから、おれはべつに。」

「むりしなくていいわよ。妄想も栄養のうち。」

「……医学部なんて、ピンとこない。」

「医者の息子のくせにね。」

「頭のつかい道は、ほかにもあるだろう？……どうして医者になろうなんて思いつくんだか。」

「保育器のなかで、育《はぐく》まれた意識でしょ。未熟児で、しばらくはいってたもの。」

遠子の母親は産科の医師で、真也はそこで生まれた。桜蔵もその予定であったのを、母が敷居につまずき、ころんだ拍子に陣痛がきて、「左近」の座敷で生まれた。桜蔵はそのように聞かされていた。まるまるを信じているわけではない。

ただ、周囲のだれにも真実を語る意思はなさそうだった。母のことは好きだったが、実母でないことも承知だ。彼にとっては、父も母も不確かな存在だった。

峠道に、この冬はまるで雪がない。道路ぞいの落葉樹の枝さきには、はやくも小さな花芽があるように見えた。あたりの標高が高くなるにつれて、木立のなかに樹皮の白っぽい樺《かば》が目立ってくる。遠子は見かけよりはずっと慎重な運転で、しごくまともに車を走らせた。日にやけるのをきらって、手の甲がかくれる特製の革手袋をしているのがいくらか怪しいぐらいのものだ。

　ゆるやかなのぼりカーブがつづいたあとで、いくらか平坦《へいたん》な道になった。その左前方の路肩で、手をあげている男がいた。車一台分くらいの空き地があるそこへむかって、遠子は減速する。

「……乗せる気なんだ、」

　遠子にそんな親切心があるなど、桜蔵は思ってもみなかった。

「だって私は、運命を信じる女だもの。」

「また、おおげさなことを。」

「それに、あの若い子はたぶん……、」

　車のウィンカーに気づいて、若者はかぶっていた帽子をとって、かるく頭をさげた。

「……ハンターよ。」

「なんの？」

「ガール。恋の季節だもの。」

「だれがガールだよ。いくらなんでもむりがある。」

　遠子にうながされて桜蔵は窓をあけた。若者は、すり傷のできた顔をちかづけ、口もとに笑みを浮かべた。

「自転車がパンクして困ってたんです。修理をたのめそうなあたりまで乗せてもらえますか？」

若者の足もとにディパックはあるが、自転車は見あたらなかった。

「悪いけど、自転車は乗せられないわ。傷がつくと困るの。」

「もちろん、ぼくだけ乗せてもらえれば。ガソリンスタンドがあったらおろしてください。修理人にたのんで、ここまでもどるつもりですから。自転車は盗《と》られないように、やぶにかくしてあるんです。」

「だったら、どうぞ。」

遠子はリアシートをちらっとのぞき、人を乗せても問題がないのをたしかめた。それはあくまでも彼女がかまわないというだけで、若者がどう思うかは二の次だった。そこには、布で厳重にくるまれた長い包みが斜めに立てかけてあった。乗りこむには、足をシート上に持ちあげ、荷物をよけてからだをすべりこませる必要がある。背もたれはつかえず、ドアによりかかるかっこうで進行方向にたいして横むきにすわるしかない。

「シューズは脱いでね。」

若者はうなずいて車に乗りこんだ。さいわい、彼のからだは柔軟で、荷物とシートのすきまへ長い脚をくぐらせ、うまい具合におさまった。

「パンクのときに転んだのね。」

バックミラーをのぞきながら遠子は若者に話しかけ、桜蔵にはダッシュボードの救急箱をだすよう小声でうながした。

「あ、おかまいなく。ロードバイクにケガはつきものですから。ほんの、かすり傷ですよ。」

彼の云うとおりだろうと思った桜蔵は、救急箱のなかからピンクいろの絆創膏《ばんそうこう》をつまんで若者にさしだした。

「……どうも、」

ピンクいろにうろたえたそぶりで、若者は絆創膏をうけとった。桜蔵は救急箱をしまったついでに、ラジオのスウィッチをいれた。まもなく十一時半になるところで、天気予報は快晴だった。

「昼は予約してあるのよ。……あなたもご一緒にいかが？　ハンターさん、」

「ぼくは弁当がありますから、駐車場で待ってますよ。」

「ひとりふえるって、電話してきて。」

道ばたに公衆電話がある。遠子はその手まえで車をとめて、予約先の電話番号を書いたメモを桜蔵にしめした。なんで？　と目くばせで不平を訴えた桜蔵だが、旅費をもたず、足も財布も彼女にたよっている身では逆らえるはずもなかった。桜蔵は車をおりて、云われたとおりに追加の電話をいれた。ついでに、民家の庭さきにいた婦人に声をかけ、もよりのガソリンスタンドの場所をたずねた。

車のなかでは、遠子が半身をひねり、背もたれごしにリアシートの若者としゃべっている。桜蔵は遠子のブラウスのボタンが、さきほどまでより、ひとつよぶんにはずれているのではないかと思ったが、全部はずれていたところで、べつにおどろくことでもなかった。すぐれて形のよいものは、真綿でくるんであってもその姿がすけてみえる、とは柾の説だ。遠子をさして云ったのではないが、桜蔵は彼女にあてはめて納得した。若者の顔にはピンクの絆創膏が貼ってあった。

「道なりに一キロほどすすんださきの、ふたまたを左折して山道をくだったところにガソリンスタンドがあるって。」

「だったら、昼を食べたあとでそこへいけばいいわ。予約した店はふたまたを右なの。とびっきりの、りんごを食べさせてあげるから。」

「……昼食だろ?」

あの夫にしてこの妻と云うべきか、その逆か。つれあいの気質とあまりにもよく似た夫婦に、桜蔵は相性というものを認めずにはいられない。この正妻に足りないものを母が補っているのかどうか、彼にはまだわからなかった。母の本音をきいたことがない。

桜蔵が遠子の呼びだしに応じるのは、実際のところ夫の二重生活をどう思っているのか、遠子の口からききだしたいためでもあるが、そのつどたくみにかわされる。……あの男を独占できると思うほど、私も楽天家じゃないのよ。独占しなきゃいけない理由もないし。それに、桜蔵や菊《あ》っちゃんの成長は私のたのしみでもあるの。

そんなふうに云われて、桜蔵はいつもだまりこむ。

遠子が車をとめたのは、宿屋《オーベルジュ》の看板をかかげた一軒家で、〈りんごの樹《き》〉というような意味のフランス語の屋号がついていた。知らずにいれば、だれかの別荘かと思ってとおりこしてしまいそうなほど、林のなかに奥まって建っている。一帯はりんご園で、オーベルジュを営むのも、りんごの生産者の身内だ。遠子は道路ぞいの駐車場に車をとめてそんな話をする。

若者は裸足《はだし》でついてくる。車に乗りこむさいに脱いだくつをそのままのこしてきてしまったのだと云う。

「桜蔵、さきにいってサンダルを借りてきてあげて。私たちはここで待ってるから。」

遠子が若者とふたりきりになりたがっているように勘ぐって、桜蔵はわざとゆっくり往き来した。あんのじょう、夫人と若者はたのしそうに話しこんでいた。

「寝袋をもって、ツーリングしているそうよ。」

「こんな季節にもの好きだな。」暦のうえでは春でも、まだ雪の季節だ。桜蔵は若者が冬じたくをしていないことを、今さらいぶかしんだ。Tシャツにニットジャージの上着をはおった軽装である。

「納屋や飼育小屋なんかを借りるんだよ。」くだけた口ぶりは、遠子とすっかり意気投合したようすだ。

「ふたり用なのよね？　その寝袋。」


暖炉のある食堂には、すでに何組かの先客があった。ランチの献立はきまっており、デザートだけを選べるようになっていた。遠子は連れにたしかめるそぶりも見せず、三人ぶんの注文をすませた。

豚の煮こみ料理のりんごぞえと、そのスープで炊いたリゾットと香草パン、それにチーズスフレという献立だ。「とびっきりのりんご」と遠子が云ったとおり、つけあわせであるはずのりんごがメインかと思うほどたっぷりそえてあり、味もよかった。糖分のあるりんごはキツネいろをして出てくるのがふつうだが、ここのりんごはオークルだった。その名で呼ばれる独特のかわいた土の色とおなじ、白でも黄いろでもない果肉が、ほんのりとスープの色に染まっている。

女の料理だと桜蔵が直感したとおり、厨房《ちゅうぼう》からあらわれたのは、こがらな女性のシェフだった。桜蔵や若者にあらたまったあいさつをしたあとで、丸顔にふだん着の笑みを浮かべて夫人と向きあった。

「オコちゃん、きょうはよってくれてありがとうね。……ええと、どっちが息子さんだっけ？」

「やあね、見てのとおりよ。ひとりは女だもの。」

「……あ、なるほど。保護者つきのデートってわけ。」

「ただの運転手よ。干渉はなし。それより、約束のもの、持ってきたわよ。車につんできたけど、穴は掘ってあるの？」

「準備万端。中庭にしたのよ。客室の窓からも見えるように。」

「息子にはこばせるわ。穴まで案内してくれれば、あとは彼がひき受けるから。あなたはまだ仕事があるでしょ。ただで泊めてもらうんだから、それくらいするわよ。」

桜蔵の都合などおかまいなしに、遠子はやすうけあいする。だが、席を立とうとした彼は遠子にひじをつかまれた。

「男の仕事よ。あなたはおとなしくコーヒーをのんでなさい。……お願いね、」あとのほうは若者にむかって云い、つれだってそとへ出ていった。桜蔵にすれば庭仕事をせずにすむのはありがたかったが、遠子にまで女呼ばわりされるのを放っておけない。ふたりを追って駐車場へかけつけ、遠子につめよった。

「どういう意味だよ。」

「意味なんて、どうでもいいでしょ？　力仕事だってだけよ。……あなたに、これがはこべるの？　なんなら、ためしてみて。」

車のリアシートを占領している荷物だが、つみこんだのは遠子のはずで、それなら桜蔵にもはこべないはずはなかった。彼は後部のドアをあけて、その長々としたものをかかえてそとへだそうと試みた。梱包《こんぽう》された物体の太さは、せいぜい子どもの胴体くらいのものだ。さほど重いとは思えない。だが、鵺《ぬえ》の米俵のときとおなじく、桜蔵には手ごわい荷物だった。

「乱暴にあつかわないで。大事なものなんだから。」

まちあわせ場所で乗りこんだときから車につんであったその荷物について、桜蔵はあらかじめ遠子にたずねておかなかった。「とどけもの」と彼女が説明したあとは、若者をひろったときまでリアシートの荷物のことなど忘れていた。桜蔵はなんどか持ちあげようとしたものの手に負えず、若者と交替した。彼はあっさり荷物をかかえて車のそとへ出た。

「云ったでしょう？　残念ながら、これは男の仕事なのよ。彼にまかせて食堂にもどってなさい。」

もはや、ひきさがるしかない桜蔵は、遠子の指示にしたがった。まもなく、彼女もひとりでもどってくる。席について、コーヒーのおかわりをたのんだ。

「ひとり者の女が樹をうえると、良縁に恵まれるって迷信があるのよ。ほんとうは来月のほうが植樹に適してるけど、今年は雪がすくないから、だいじょうぶだと思うの。」

「なんの苗木？」

「大島桜。」

秋の終わりに遠子はそれを手にいれ、きょうまで保存しておいた。大島桜は起源の古い桜で、においたつ白い花を咲かせる。葉は大きく柔らかく、塩漬けにして桜もちをくるんだ姿で目にすることが多い。

「左近」の庭にも大島桜はある。柾が愛《め》でている樹のひとつでもあった。すっきりと、かざり気のない花にかすかなかおりをまとわせ、やや大きめの葉を風にゆったりとたゆたわせる。落葉したのちは庭の日だまりに思いのほか太い枝をのばした姿でたたずむ。

……すんだ水をのませて丹念に磨くほど、艶《つや》のでる肌なんだ。幼い桜蔵にもその木肌に触れさせながら、例によって柾の口ぶりは情人《いろ》の品定めのようだった。

「大島桜はなかなか手にはいらないのよ。だけど彼女、ソメイヨシノは毛ぶかいからきらいだって云うの。男の好みもそうなのかしらね？」

ここにもまた、植物を擬人化する族《うから》がいる。そのうちに植樹をおえた若者が食堂にもどってきた。

「それじゃ、ガソリンスタンドへ送るわ。」

遠子と若者が車で出かけたあと、ひとりのこった桜蔵はオーベルジュの客室にチェックインした。手製のモチーフ編みのカバーでくるんだクッションや、縁《へり》にそって刺しゅうをほどこした枕などが、家庭的なここちよさでならべてあった。室内はスチームで暖まっている。床にもぬくもりがあり、桜蔵はソファで本を読むうち、いつしかまどろみに誘われた。

とびらをたたく音で彼が我にかえったとき、室内はすでにうす暗くなっていた。訪問者はあの若者だった。

「……なくしものをさがしてるんだ。もしかしたら、車のなかでおとしたかもしれないと思って。」

「キーは母が持ってるんだよ。」

説明がめんどうなので、遠子のことは母だと紹介してあった。どこかへ出かけたらしく、本人の姿も車もない。フロントにたずねて、外出したままもどっていないことがあきらかになる。

「三時半ごろ、ガソリンスタンドでわかれたんだ。」

「で、どうする？　連絡さきをのこしてくれれば、車のなかをさがしておくけど。」

「二時間まえだよ。気にならないのか？」

「……なにが？　そのうちもどってくるだろう。」

「云いにくいんだけど、」

若者は自分のなくしものをさがし歩く道すがらでひろったと断わり、遠子がダッシュボードにつるしていたマスコットを差しだした。

「さがしにいったほうが、よくはないかな？」

「心あたりがあるとでも？」

「このさきの斜面ぞいに車のブレーキ痕《こん》があった。」

「新しいものとはかぎらないだろう？」

「まあね。」

ぐずぐずしているうちに、すっかり日が暮れた。桜蔵は何かおもわくがありそうな若者に従うのをしぶっていたが、遠子がよりどころとするマスコットがおちていたとあっては、さがしにでないのも薄情すぎる気がした。

遠子の部屋のとびらにメモをのこして外へでた。客室の非常灯を持ちだし、夜道を照らした。樹木におおわれた闇のなかでは、糸のように頼りないあかりでしかなかった。ときおり車のヘッドライトがちかづいて、彼らの姿を浮かびあがらせた。

「……たしか、このあたりに、」

若者が指さしたところを非常灯で照らした。ブレーキ痕かどうかははっきりしないが、アスファルトが黒ずんでいる。ちかづいた桜蔵は、それがブレーキ痕よりも性質《たち》の悪いものだとすぐに悟った。かわいてはいるが、血痕だった。ガードレールのない道路わきの草がえぐられ、地肌がのぞく。ふるびたシューズの残骸《ざんがい》がころがっている。

さらに奥をのぞきこもうとした桜蔵だったが、背中を勢いよくおされ、そのまま斜面をすべりおちた。葉むらより明るい夜空が頭上をよぎり、遠くの市街地のあかりが白い帯になって流れた。それからふたたび闇になる。

ほほが凍《い》てつく。茂みから夜露がおちた。唇をぬらしたそのしずくを、桜蔵は口のなかにふくんだ。意識は鮮明だった。髪にふれる朽ち葉の感触は冷たい。だが、からだにはぬくもりがある。はじめ、転落したまま横たわっているものと思いこんでいたが、彼は寝袋のなかにおさまっていた。

腕はなんとか自由に動かせる。だが、寝袋から這《は》いだすのはためらった。服を着ていないのだ。若者がすぐちかくに腰をおろしてタバコをくゆらせている。

「……喫《の》む？」

「要らない。……服をよこせよ。なんでむりやりなんだよ。ひとことくらい断われ。」

「云えば応じたのか？」

桜蔵はそれには答えず、手ぶりで服をさいそくした。若者は小枝につるしてあったTシャツを投げた。

「女はひさしぶりだ。」

「どの女だよ。……おれは男だ。法的にも生物学的にも。」

「かもな。でも本性は女だろう？　宿縁ってやつ。」

「それは、あんたが自分をごまかしてるだけなんだよ。男をだきたいなら、それでいいじゃないか。なんで、わざわざ女だと云う必要があるのか理解できないな。……しても返せよ。ジーンズは？」

寝袋のなかから這いだした桜蔵は、若者が手にしていたジーンズを引ったくった。アンダーウェアはさがすまでもなかった。それからスニーカーを突っかけ、スエードのハーフコートを見つけて着た。

「女は女だよ、」

帰り道でも、若者はまだ桜蔵を女だと云いつづけ、オーベルジュの門さきでわかれていった。駐車場には遠子の高級車がとまっている。ガソリンスタンドへ若者をおくりとどけた帰りがけに、バスに乗りそこなった老婦人が停留所でとほうに暮れているのをみかけ、鉄道の駅まで送りがてらお茶につきあったとのことだった。

「お孫さんがこのあたりで事故に遭って亡くなったんですって。まだ二十歳になったばかりのときに。きょうは命日の供養にいらしたの。自転車ごと車にひき逃げされて。すり傷くらいしかなかったのに、頭を強く打って即死だったそうよ。かわいそうにねえ。……それでね、車のリアシートにこれがおちてたんだけど。」

遠子が差しだしたのは、ふるめかしい布にくるまれた肌身守りだった。

「老婦人のだろう？」

「ううん。あのご婦人を乗せるまえに見つけたの。だから、彼のだと思うんだけど。住所なんてきいてないわよね。」

「……きくわけないだろ。名前だって知らないままなのに。」

「ふうん。どこのだれか知らなくても親密にはなるのね。まったく、若者ってのは気楽なものね。」

「そんなかっこうしてとぼけなくてもいいじゃない。泥だらけだし、着くずれてるし。だてによぶんに生きてるわけじゃないの。なにをしてきたかぐらいお見とおし。野外なんてワイルドね。ひろって正解だったでしょ。桜蔵の好みだと思ったのよ。」

「なんの話だよ。」

桜蔵は手にしたマスコットを遠子に投げつけて、部屋へひきあげた。

第12章　海市《かいし》

春の彼岸すぎのことである。桜蔵《さくら》はローカル線に乗っていた。旧友の訪問につきあえと、父の柾《まさき》からいくぶん強引に誘われた。泊まるかもしれないし、日帰りするかもしれないと、いいかげんな日程である。誕生祝いもしないとな、とつけたしのように云うのも憎らしい。だが柾の誘いには、つい乗ってしまう桜蔵だった。

前日に学年末の終業式をおえ、春休みにはいっていた。弟の千菊《ちあき》は、今回の旅を断わった。「左近」にいそうろうする教師の羽《は》ノ浦《うら》と出かけるのを優先したのだ。

「やけになついてるな、」

「妬《ねた》ましい？」

「いや、べつに。ただ、あれはいったん死んだ男だからさ。息をふき返すには、彼岸の番人とそれなりの取りひきをしただろうと思ってね。ぼんやりした男に思えても、用心は必要だ。」柾は世間話のような口ぶりで狂ったことを云う。

「……死んだ男ってなんだよ。」

「浜尾《はまお》の知りあいが養子にした男の話さ。雪崩に遭って、三日後に発見されたときは死んでいた。その通夜の最中に亡骸《なきがら》が消えたんだ。さがしたが見つからず、男の養父はからの柩《ひつぎ》を野辺送りした。墓もある。それから何年かのち、病で臥《ふ》した養父のところへ、死んだ男とそっくりの人物があらわれた。生前とひとしく養父に尽くし、最期をみとって、また姿を消した。」

「それが羽ノ浦なわけ？」

「うりふたつだ。」

「埋葬したなら、戸籍上は死んだことになってるんだろう？　なんで教師になれるんだよ。」

「名前がちがう。」

「だから、他人の空似ってことじゃないか。」

「養父は裏口で商売をしている男だった。戸籍のひとつやふたつ、簞笥《たんす》のなかにあったはずだ。合理性を云うなら、あんな豪勢なからだの持ちぬしが、この界《よ》に何人も存在するほうがおかしいと思えよ。」

まともに耳をかたむける話ではなかった。そう悟《さと》って、桜蔵はしばらく居眠りをきめこんだ。停車駅で、車内がすこし混みあってきた。四人がけのボックス席の窓がわに父子でむかいあっている。桜蔵はかたわらの空席においていた保冷容器をひざのうえへのせた。

早朝に築地へよって買いもとめた蛤《はまぐり》である。ひとつで手のひらが一杯になるほど大粒の貝だった。海鮮問屋の店さきで、さわらのうす板に蜃《おおはまぐり》と書いたのと蛤と書いたのがあった。大将が説くには、より大粒の貝を蜃とする。舌のような足が、カラからはみだしていた。

桜蔵の年齢では、貝の身が大きければ大きいほど、連想は猥雑《わいざつ》にかたむいてゆく。火にかけても口をあけない貝を男が無理やりこじあけたら、なかから小さな女が出てきた。すてるのはしのびなかったのでいっしょに暮らした。その話を、子どものときに知って以来、ずっと御菜《おかず》にしていると話す学校友だちがいる。

桜蔵はそんな昔ばなしを読んだおぼえはなかったが、口をあけた貝が御殿を吐きだした話なら、柾が聞かせてくれた。ある男が海で大きな貝を採った。ふつうの貝の倍もあり、重さもたいそうなものだった。火で炙《あぶ》ったところ、半日がかりでようやく口をあけ、まばゆい御殿を吐きだした。子どもが担ぐ神輿《みこし》くらいの大きさだ。御殿のまわりには、細々《こまごま》としたものを売る市がたち、小さな人々が往来する。話し声は虫の羽音のようである。のぞきこむ男の姿は大きすぎて、人々の目にはいらないようだ。面喰《めんく》らいつつも、男は財布の根つけの大黒を代理にたてることを思いついた。市のはしに大黒をおき、おまえたちはどこの者かとたずねた。さざなみのような音がした。よく耳をすませば口々に海市《かいし》であるとこたえているのだった。

がくん、とブレーキがかかった。列車が急停止して、桜蔵は座席でまえのめりになり、あやうく柾の腕のなかへ飛びこむところだった。保冷容器があったので、なんとかだきつかずにすんだ。

「……悪い、」

「気にするな。どうせ、男のことでも考えていたんだろう?」

「いっしょにするなよ。……おれが好きなのは女なんだ。」

「意地になるなって、」

列車はそこで立ち往生した。車両故障により停車中であるとの放送が一度あったきり、いっこうに動きだす気配がない。当初は事態を見守っていた乗客たちも落ちつかないようすになってきた。窓のそとは、農地のなかに民家が点在する田園地帯だった。緑の小山がちかくにせまるほか、これといって目につく景色もない。畑打ちのすんだ黒土のなかで、緑の水晶のような草が萌《も》えだしている。

二時間ほどのみじかい旅の予定で、父子は弁当も、のみものも買っていなかった。柾はもともと車中での飲食をきらい、腹ごしらえが必要なときは途中下車をする。ほかの乗客が呼びとめた車内販売の売り子は、お弁当とサンドイッチとコーヒーは売り切れです、とこたえている。停車時間が長びきそうだと予想した乗客が、われさきに食料を買いもとめた結果だ。

「いざとなれば、蛤を喰うさ、」柾はすました顔で云う。

「生で?」

「けさ築地へはこばれてきた蛤なんだから、問題ないだろう。」

「おれは遠慮する。」

列車はようやくのろのろと動きだしたが、本来の速度ではない。線路ぞいの畦道《あぜみち》をゆく自転車に追いこされる始末だ。……その自転車がまた、どこへ急ぐのかむやみに勢いよく走っていた。列車がやや速度をあげて自転車とならんだ。だが、またすぐに自転車のほうがまえへ出る。やがてなだらかな上り坂になり、自転車の漕《こ》ぎ手は腰を浮かせ、前傾姿勢になってペダルを踏む。進行方向に背をむけている柾がふり返って、窓のそとをのぞきこんだ。

「あの腰、」

「……どこを見てるんだよ。」

「おまえこそ、」

列車はもたつきながら駅にたどりついた。車両故障をわびる放送がはいった。かさねて、代替の車両を用意できるのは五つほどさきの駅となるとの説明があり、しばらく徐行運転がつづくと断わっている。柾は読んでいた冊子をとじて席を立った。あみだなのかばんを手にする。

「ここでおりよう、」桜蔵をうながして、ドアへむかった。

「なんでだよ。まださきの駅だろう、」

「やめにする。この調子で走られたら、昼までにむこうへ着かないからな。野暮になる。」

「どうする気?」

「このへんで飯でも喰って帰るさ、」

さっさときめて、柾はプラットフォームへおりた。こんな畑中に柾の奢《おご》った舌を満足させる料理屋があるとは、とうてい思えなかった。だが、直感のはたらく男でもある。かんがえはあるのだろう、と桜蔵もあとへつづいた。

柾は改札をでるなり、さっそく旧友に断わりの電話をかけた。

木造の駅舎のかたわらに桜が咲いていた。まだほとんどがつぼみだが、日あたりのよい梢《こずえ》では花のかたまりがある。

「門倉《かどくら》先生、門倉先生、」だれかの声が、さきほどからプラットフォームにひびいている。

しばらくのあいだ停車していた列車は、ひざの悪い年よりのように車体をゆすって、もたもたと走りだしたところだ。

「門倉先生、おられませんか。上原の司《つかさ》です。お迎えにまいりました。」

この駅で下車した人はすでに改札をとおって、さほどひろくない駅まえは閑散としている。早咲きの桜のしたに桜蔵がたたずんでいるのみだった。門倉という人物の名を呼ぶ男は、遠のく列車をぼうぜんと見おくった。

「あの腰だ。」

電話を終えた柾が、桜蔵の横へならんでつぶやいた。

「用件はすんだ?」

「ああ。来週、出直すことになった。ついでに、このあたりに飯屋はないかときいたら、手ごろな旧家があるとさ。」

「……民家しかないってことじゃないか。どうするんだよ。」

改札口の駅員が、さきほど門倉氏を呼んでいた男と話をしている。車両故障があって列車が時刻表どおりに走っていないと説明するそばで、「今にも生まれそうなんだ。」と男が大声になった。

桜蔵はなかなか来ないハイヤーを待って、というのも、こうしたローカル駅では駅待ちや流しのタクシーはなく、ハイヤーを呼ぶのだったが、それがちょうど出はらっていたので、さきにいった柾よりだいぶおくれてその家に着いた。

柾は「あの腰」の男のこぐ自転車で、ひとあしはやく到着しているはずだ。もともと旧友のところへも往診をかねての訪問であり、ひととおりの医療器具は持っていた。産科の専門医ではないが、列車をあきらめて車でこちらに向かっているという門倉医師が到着するまで、妊婦につきそうことになった。

妊婦は来週入院する予定だった。それが早まったのである。駅で司と名乗った「あの腰」の男の妻だ。司はうしろ姿だけでなく、正面の男ぶりもよかった。晩酌の酒がぬけず、やむなく自転車できたのだと話した。

連れあいのいる男に手を出すぐらいなんとも思っていない柾は、ものごしおだやかで気さくな、いつもの調子で信用させた。この初対面の医師に妻を診断させても問題ないと思わせるのは、柾にはなんでもないことなのだ。

門口でハイヤーをおりた桜蔵は、白壁土蔵づくりの棟や蔵がいくつもあるばかばかしく広壮な屋敷をまえにして、いったいどの戸口を訪ねればよいのか、とほうに暮れた。

ローカル線の沿線には、まだこんなふうに一町歩もある敷地に屋敷を建て、その何倍もの田畑を持つ旧家がのこっている。人影をさがすが、あるのは山鳩の姿ばかり。医者の到来を待ちかねるほどの妊婦の状況であれば、家人は奥でとりこみ中だろう。その奥がどこなのかすら、見当もつかない。

「……ごめんください。」

案内を乞《こ》う桜蔵の声も、遠慮がちになる。香《かんば》しくにおうのは枳殻《からたち》のようだが、桜がやっとほころびたこの季節に気の早いことだ。桜の花びらが唐破風《からはふ》の瓦《かわら》屋根をこえてふってくる。もの音をたよりに、桜蔵は人の気配のあるほうへ歩いた。

「どちら?」ぶっきらぼうな声がかかった。蔵づくりの戸口に姿をあらわしたのは、すんなりと手あしの伸びた若者だった。色白の肌に黒目がちのまなざしが、きわだっている。桜蔵をあやしんでいる顔だ。ネコヤナギの花穂《かすい》のような灰白《かいはく》のセーターにストーンウォッシュのジーンズで、すだれにぬけたところから、皿のかたちのはっきりしたひざをのぞかせる。

「父がこちらにおじゃましている……と思うんだけど、」相手がほぼ同年代の若者なので、桜蔵の口ぶりも礼にのっとるか対等にふるまうかで、まよいが生じた。

「ああ、医者のつれか。あがってくれ、」

若者の案内で、彼がさきほど姿を見せた戸口から蔵のなかへはいった。今は客間としてつかっているらしく足もとにはじゅうたんを敷き、かべには窓を切って採光と通気をよくしてある。建具や調度品は和漢洋のミックスだった。すわれよ、と桜蔵をうながした背もたれつきの椅子のそばには、三月も末だというのにふるめかしい雛《ひな》かざりがある。旧暦で節句を祝うつもりなのか、片づけそこなっているのかはわからない。

見なれた段かざりとはちがい、寝殿づくりの御殿のなかに人形がおさまっている。なぜか男雛《おびな》の姿がなかった。

「婿とり雛だからだよ。ここの家は昔から女系で、娘があとをつぐんだ。よい婿が来るよう祈願して、あけておく。」

たずねもしないうちに、若者は桜湯をふるまってくれながら、いわれをとく。湯のみのなかでうす紅の花びらがほぐれてゆく。

「あんた、名前は？」

「……桜蔵、」彼は姓をぼかしてこたえた。自己紹介は、もとより桜蔵の悩みの種なのだ。左近などという姓を持ち、由緒がありそうなふうを装っていながら、先祖が宮仕えだったとのあかしはどこにもない家である。くわえて桜蔵の名は、たいてい冗談としか思われない。桜に蔵と書くのだと云いそえた。

「春生まれってわけ？　それなら、おなじ境遇だ。おれは弥生《やよい》の弥と書いてハルヤだから。」

たがいになんの感想も述べなかった。弥をハルヤと読ませるなど、そんな無茶な名前があるかと思いはしたが、桜蔵はだまっていた。酔狂な親はどこにでもいるものだ。

保冷容器の蛤《はまぐり》を若者に差しだした。家の人に受けとってもらえ、と柾にうながされていた。弥はさっそく奥へゆき、ひろくち鍋《なべ》や酒をたずさえてもどった。蛤はしばらく塩水に放っておくと云い、紅うるしの盃《さかずき》をならべて酒を酌んだ。

「……おれはいいよ。」

ここでうかうかとのむのは、いかにも愚かだろう。桜蔵もたびたびの失態に懲りている。弥も無理にすすめることはせず、独りでのみはじめた。まだ肌寒い季節で、火鉢で暖をとっていた。そこへのせた鉄びんがかすかな音をたてる。弥は台所からいくつか蛤をとってきて、からをかちあわせた。築地で求めたえりすぐりの蛤だけあって、すんだよい音がする。

ひろくち鍋に酒をはり、蛤を沈めた。ふたをして火鉢にのせ、そのまま酒蒸しにする。柾なら貝の酒風呂《ぶろ》など無粋だと云うだろうが、桜蔵は手みやげとして差しだしたものに、とやかく口をはさむつもりはない。だが、いくらかあっけにとられた顔をしたのを見とがめて、弥は云いわけのようにつけ足した。

「こうすれば、酔っぱらって本性をあらわすんだよ。」

「……なにが？」

「蜃《しん》にきまってるだろ、」

ひろくち鍋のふたが、さかんに湯気を吐く。どこかで柱時計が間のびした音をたてて時を告げている。正午になった。妊婦がどうなったのか、奥のようすはさっぱりわからない。弥も出産騒ぎなど、ひとごととしか思っていない顔である。ことこと、鍋が鳴る。弥はふたを持ちあげた。

湯気がたちのぼる。こんな小さな鍋からどうして、と思うほどの勢いで湯気がふきあげてくる。蛤は泡もふいていた。その泡がまた珠《たま》のように連なり、鍋からあふれでるほど湧きあがった。

「熱いうちに喰《く》おう、」

弥にうながされ、桜蔵も箸《はし》を手にとった。手のひらが一杯になるほどの大粒の蛤なので、蒸したあとでも身はたっぷりとしている。

「上等の貝は女の裸みたいに見えるって云うよな。」そんな弥の声を聞き流して、桜蔵はカラからはずしたむき身を口にふくんだ。酒と潮《うしお》のつゆが染みだしてくる。

たっぷり身のある蛤を、ふたつずつたいらげた。昼を食べそこねた桜蔵の空腹もそれでひとまずおさまった。蛤のひとつはなんとしても口をあけない。弥は指さきでからをついていたが、そのうち手のひらへのせて桜蔵の鼻さきへ差しだした。

「息をふきかけてみろよ、」

「なんで？」

「口をあけないときは、ふいてみろって云うだろう。」

「知らない。自分でやれよ。」弥はすぐさま実行した。つまり、桜蔵の鼻先で息をふきかけた。するとつぜん、蛤が熱い潮をふいた。桜蔵はまともにあびて、唇をすこしやけどした。

「かわいそうに、冷やしてやる。」

いきなり唇をかさねてくるとは思わず、桜蔵は自分のうかつさに腹をたてた。しかもキスのうまい男で、あやうく、むりやりだということを忘れそうになった。

「……なにするんだよ。」

桜蔵の唇に枳殻のにおいがのこった。潮だまりの味よりはましかと思いつつ、障子をあけて、その憎らしい蛤を庭へほうりだした。あれだけ蒸したのに、まだ生きていたとは信じがたい。庭さきに密に茂る枳殻の生垣があり、ちらほらと白い花が咲きこぼれている。なんとそこから、蛤がはねかえって、桜蔵のひざもとへ飛びこんだ。

桜蔵はそれをつかんでふたたび庭へ投げすてようとした。だが、こんどは手に張りついたまま離れない。ふりほどこうとするうちに、貝は口をあけて小さな虹《にじ》を吹いた。目の錯覚かと思った桜蔵がまばたきするあいだに、それは七色の反物となって彼の目のまえにつみあがった。蛤のからの片割れはまだ桜蔵の手のひらに張りついている。

「ほかにほしいものがあったら、念じろよ。なんでも吐くぜ。……逆に云えば、あんたの欲望があらわになるってことだけど。」

「おれはこいつを手からはがしたいんだよ。」

「それはむりだ。ほかののぞみにしろ。」

廊下がわの唐紙《からかみ》があいて、霜ふり髪の老婦人があらわれた。色とめそでに、かっぽうぎをつけている。

「お待ちどおさま。紅《べに》おこわが炊けましたよ。お膳《ぜん》をしたくさせますからね」などと云う。桜蔵の腹の虫が鳴った。自分で思う以上に空腹だったのだ。

料理がはこばれてくる。蒔絵《まきえ》の椀《わん》や、青貝ずりのうつわに盛りつけて、桜麩《ふ》とうどの清《すまし》、貝ばしらのぬた、えびしんじょの吸いもの、蛤のもち粉《こ》あげの煮もの、あなごの炊きもの、たいの桜蒸し、蛤ご飯、などがならんだ。

桜蔵は蛤を手にくっつけたまま箸をとり、それでもなんとか箸をつかってそれらの料理をつぎつぎにたいらげた。日ごろの彼は大食ではないのだが、今はもう、ならべばならんだだけ、たべつくすというありさまで、箸を休めることなく、はこばれてくる料理を味わった。一向に満腹にもならない。

弥はただ酒をのんでいる。いつのまにかあたりには紋つき羽織にはかまの男や、黒とめそでの女がいて、それぞれに酒を酌みかわして浮かれさわいでいる。鳴りものもくわわり、こちらで謡う者あれば、あちらで踊る者ありで、にぎやかなことこのうえない。弥が桜蔵の耳もとでささやいた。

「あのさ、この宴会は花嫁がぶったおれるまでつづくんだぜ。そのつもりでな。」

「……花嫁、だれが？」

「だからさ、」

耳たぶを吸われて、桜蔵は身ぶるいした。宴会の男や女は羽目をはずして、腕をまくり、すそをからげ、もはや痴《し》れ者だった。台所からは、相変わらずたいにえびに蛤づくしの祝い膳がきりもなくはこばれてくる。そのうち真綿いろと、桜いろに染まったもちがばらまかれ、われがちにつかもうとする人たちがかけまわった。

桜蔵はなぜか、白の紋綸子《もんりんず》をまとっている。うっすらと桜の花が浮きだした上等の絹だった。内衣《うちぎ》にはあの七色の反物で織ったような、うす手の衣をかさねて着ていた。帯にしめつけられ、思うように動けない。いつ着がえたのか、さっぱりおぼえがなかった。

弥が酒を酌《つ》ごうとする。桜蔵の手のひらに張りついた蛤のからは紅うるしの盃になっていた。桜蔵にその気がなくても、からだが勝手に動く。彼は盃を口もとにちかづけ、酒をのみほした。そのそばから、また酌がれた。

のんではいけないと、桜蔵も頭ではわかっている。盃をすてようとするが、逆さにしても手のひらに吸いついたままだ。かたむけて、酒をこぼすのがやっとだった。しずくのかわりに、はらはらと桜の花びらがこぼれおちる。まいあがり、白雪のごとくふりつもる。桜蔵のまとった白の紋綸子は、たちまち花に埋もれた。

いつしか綸子の着物も七色の衣も消えて、花びらだけになっている。桜蔵はそれをかきあつめ、身をかくすのに、けんめいだった。さいわい、手にした盃からはとめどなく花びらがあふれてくる。

……コノ盃ヲ受ケテクレ　ドウゾナミナミ酌ガシテオクレ

まぶたをとじれば、柾の声がした。子どものときから聞かされて、桜蔵もそれをおぼえてしまった。于《う》武陵《ぶりょう》『勧酒《かんしゅ》』。井伏鱒二の名訳だ。

花は盃からあふれて吹雪となり、桜蔵の目のなか口のなかへも容赦なくはいりこんだ。そこをのがれたくても、花びらのほかにまとうものがない身では、埋もれているよりしかたがない。だんだんに、ふりつもる花が重くなっている。桜蔵は花のなかへ横たわった。

心なしかからだがゆらぐ。

　酔いがまわったのかといぶかるうちに、ひたひたと水音がして、あたりはあかるく照りはえた。障子に日がさしている。

　桜蔵は指であなをあけ、そとをのぞいた。船頭が見えた。さきほどから彼がかんじていたゆれは、川舟のそれなのだ。浮かれ踊る男女の姿は消えて、今はぎしぎしと鳴る艪《ろ》とふなべりをうつ水音が聞こえるだけだ。ひっそりとしている。ここちのよいゆれは、桜蔵をあらたなまどろみへといざなった。

　芳しい花のなかにいる。それは彼がまぶたをとじていたときの感覚だった。ビロードのような肌ざわりの、だが衣や布団ではあり得ないものにつつまれている。花びらでもなかった。波うつ鼓動を肌でかんじた。桜蔵は弥のぬくもりがそこにあることを知ってぼうぜんとなった。あたりはほのじろくかすんでいる。満開の桜のしたにいるのだった。

　桜は花の重みで枝をたわませている。かすかなふるえが梢《こずえ》から梢へつたわり、かえす波でいっせいに花をふらせた。

「……ここ、もしかして、」

「冥土《めいど》だと思うか？」

「死んだおぼえはないけど、……生まれたおぼえもないいんだよな。」

「だろうな。」

「あんたは知ってるの？」

「なにを、」弥はうつ伏せになって桜蔵の上腕骨の浮いたあたりへあごをのせていた。腕は桜蔵の胸を横断している。声の振動が、骨を伝って胸へひびいてくるのが桜蔵にはここちよかった。

「生まれるまえに、どこにいたか。」

「知ってどうする？」

「……べつに。納得したいだけだ。なんだ、そんなことだったのかってのを、」

弥のからだのしたじきになっている桜蔵の右腕には、さっぱり感覚がなかった。弥が寝がえりをうったので腕が自由になり、ようやくしびれを自覚した。

「おれが知ってるのは、百年も千年も生きる蜃《しん》がいるってことだよ。そいつは海ではなくて陸《おか》にいて、長寿とひきかえに自由に動けない身ではあるんだが、宿を借りるすべを持っている。その姿で、情事の相手を誘うんだ。むろん、だれでもいいわけじゃない。好みの相手が見つかるまで何十年でも何百年でも、じっと辛抱する。」

「長生きはしたくないな。」

「そうでもないさ。いつかはこうして極上の蜜《みつ》にありつけるんだ。」

「……だったら、もういいんだろう?」

「ああ、気がすんだ。」

遠くで産声が聞こえた。桜蔵は、枳殻《からたち》の生垣にもたれて寝ていたところをおこされた。

「まあ、お連れさんはこんなところにおいでだったの。これはこれは、ご案内もしないで、ごめんなさいね。」

この家の主婦らしい女があらわれて、桜蔵は柾のところへ連れていかれた。妊婦のもとへは門倉医師がかけつけ、ぶじに女の子が生まれていた。柾は離れで暮らす年よりのお茶によばれている。桜蔵はかつて祖母の離れを訪ねるさいにそうであったように、廊下であいさつをして、おはいり、と云われるのを待っていた。

「どうぞ、あがってくださいな。賢そうなお坊《ぼっ》ちゃんだこと。うちにもおなじくらいの孫がおりますよ。東京の学校へ通うので、親戚《しんせき》の家のやっかいになっているんです。こんど高校三年になります。そろそろ帰省すると云ってましたけど。」

桜蔵は柾のかたわらへならんですわった。横から柾の手がのびて、桜蔵のほほにできたかき疵《きず》を指でなぞった。「たいした暴れようだな?」

「枳殻のとげでひっかけたんだよ。」

「まあ、あんな裏手の垣根のほうへなにをしに、」

「入り口がわからずにまよって、」

「それは、申し訳ないことでした。ゆるしてくださいね。なにしろとりこんでいて、」

内祝い膳《ぜん》のしたくがととのったと母屋から呼びにきて、柾と桜蔵も招かれた。彼らが持ちこんだ蛤《はまぐり》は、潮《うしお》の清《すまし》になって出てきた。綿いろの布にくるまれた嬰児《みどりご》のおひろめがある。まだほんとうに小さく、湯気がたちのぼりそうなほどやわらかだった。

蔵のことが話題になった。雛人形《ひなにんぎょう》は、もうずっと飾っていない。男雛《おびな》がないのを、近所の人があやしむものだから、と妊婦の母親が云いそえた。ついで年よりの耳もとへ話しかけた。「女の子が生まれたんですものね。来年はおかあさんのも私のも、家にある古いのをぜんぶかざりましょうね。」

帰りがけにあらためて蔵へ案内されたが、そこはただのふるびた蔵である。倉庫も同然で、桜蔵がいあわせた宴会の痕跡《こんせき》はどこにもなかった。

「あら、こんなところに弥の学校かばんがあるわ。帰ってるなら、あいさつぐらいすればいいのに。ほんとうにあの子はもう、」母親はそんな口ぶりながら、本気で腹を立てているふうでもない。うす暗い蔵の二階をのぞきにゆき、昼寝してたわ、と云いつつもどってくる。弥は実在するのだ。だが、桜蔵のまえにあらわれた人物が本人とはかぎらない。

いつしか日もかたむいた。連絡さきなど知らせあい、またおこしくださいね、と見おくられて桜蔵と柾は帰りの列車に乗った。こんどは定刻どおりだった。

　窓の景色は暮色に染まりつつある。畝《うね》をこしらえ、種まきを待っている畑の黒土のうえを、中鷺《ちゅうさぎ》がせわしなく虫をついばみながら長い脚を折り曲げて歩いている。

「ほら、誕生祝いだ。」柾は桜蔵のひざもとへ封書を投げてよこした。白と桜いろのつつみにくるんであったのは、カードキーだった。

「……これ、」

「遠子が持っている伊豆《いず》のリゾートマンションの鍵《かぎ》。四月いっぱい好きにつかっていいそうだ。車があれば日がえりもできる。真也《まや》ちゃんは集中教習で今月中に免許がとれるそうじゃないか。それでおあずけを喰《く》らって、……当座の男が必要だったんだよな？」

「なんの話だよ。」

「とぼけなくてもいいだろう。……弥ってのは、思うに二人分の名前だな。春と弥生《やよい》と。なかなかいい。いわくありげでさ、」

　桜蔵は聞こえないふりで、カードキーをしまいこんだ。

「柾はどうなんだよ。」

「眼福はした。いずれ、おりをみて誘いだすさ。」

「まっとうな人間をまきこむなよ。」

「ああいう家の婿になる男が、まっとうだと思うのか？」

そうなのだ。柾という男は、同類をかぎ分ける才に長《た》けている。桜蔵はそれを学びたいとは思わないし、その必要もなく、のぞんでもいない。柾や浜尾が、日常の一部をそんなことについやすのを、理解できずにいる。

「たとえ、そうだとしても、おまえはまたひろってくるさ、」柾は桜蔵の心のうちを読んだかのように云い、笑い声になった。

解説　長野ワールドの新たな始まりに寄せて。

瀧　晴巳

武蔵野にひっそりとたたずむ一軒宿「左近」は、男同士が忍びあう宿である。長男の桜蔵は16歳。「15歳と16歳の間には境界線がある」と著者は言う。

それは〈少年〉と〈青年〉の間にひかれた一線である。

「自分が少年として描くのは15歳まで」というのは、デビュー以来、珠玉の〈少年もの〉をあまた紡いできた著者が自らに課した掟《おきて》だった。そして『左近の桜』は16歳の青年・桜蔵を主人公に、その一線を越える新たな境地を見せた作品なのである。

実は第一章は、もともと著者のファンクラブの会報のために書かれた。長野ワールドのエッセンスが凝縮されたかのような設定は、そうした作品の出自によるところも大きい。

宵闇迫る時刻。いわくありげな宿。こぼれ散る桜の花びらや背中を舞う蝶《ちょう》の標本、骨箱という名の骨董《こっとう》。目端の利いた道具立ての演出効果は言うまでもないが、何よりそれを物語る日本語が美しい。十二章を季節ごとの花が彩り、まるで艶《つや》めいた歳時記をひもとくような陶然とした心地がする。著者は実際に歳時記や植物図鑑、清の時代の怪異譚《たん》を集めた蒲《ほ》松齢《しょうれい》の『聊斎志異』などをかたわらに広げながら続きを紡いでいったというが、すみずみまで行き届いた描写の手際はやはり、この作家ならではのものだ。そこで描かれるのは夢と現《うつつ》の境界線がほどけたかのような、あやしくも美しい逢瀬《おうせ》なのである。

長野まゆみさんにお目にかかった時、写真家ベルナール・フォコンの話をうかがったことが、忘れがたく記憶に残っている。

少年の人形を被写体にしたフォコンの写真は、初期の長野ワールドと重なるものがあった。無期限に停止した少年たちの王国。無機質な透明感と残酷さが交錯する永遠の静止画。ご本人もそう感じていらしたのか、長野さんは、フォコンが渋谷のパルコギャラリーで開いた最後の写真展に行ったのだという。しかし、それはあろうことか、少年の人形を一切使わない写真展だった。「もう少年の人形は要らない」とフォコンは人形をすべて捨ててしまったのである。

この先もずっと〈少年もの〉を描いていくつもりでいた当時の長野さんは戸惑い、どう受け止めていいかわからずに愕然《がくぜん》とする。けれど、やがてご自身が〈少年もの〉ではないものも描くと決めて、ずっと描き続けていくうちに、少年の人形と決別してまでその先に行こうとしたフォコンの心境が少しずつわかってきたという。

作家の心の内にも、長い葛藤《かっとう》があった。〈少年もの〉を描き続けていく限り、自分もまた閉じた空間を精緻《せいち》に磨き上げていくほかはない。初期の長野ワールドはノスタルジックな記憶の物語であり、〈少年〉は性差のない唯一無二の存在の象徴だった。ニッカド電池で動く三日月少年。パラレルワールドをさまようレプリカ・キット。やがて〈少年〉たちは肉体さえも失っていく。『超少年』や『千年王子』でその限界を見た著者は、作家デビュー20周年を迎えた2008年に〈少年もの〉の原点でもあるデビュー作『少年アリス』をセルフリメイクしている。改造版では漢字の多くをひらがなに直し、パソコンの漢字のユーザー登録までリセットしたという。作家の強い決意を物語るエピソードだと思う。「ビロード」を「天鵞絨」と書くことをやめた長野まゆみも、また、磨き上げてきた閉じた空間と決別したのだ。

そうして書かれたのがこの『左近の桜』シリーズであることを思うと、あらためて16歳という主人公の年齢の持つ妙味が伝わってくる。

何より、桜蔵はみずみずしい肉体を持つ青年として描かれている。あやかしの男たちは皆、彼に触れたいと渇望する。しかし欲望に身を委《ゆだ》ねることは、桜蔵にとってあくまで不本意な、不測の事態である。心ならずも、というのが重要なのだ。それによって、彼の純潔は毎回すんでのところで担保される。もっと言うなら、それによって、読者もまた心おきなく彼に自分を重ね、うらはらな官能に思うさま酔うことができる。

実際、桜蔵はあまりにもうかつだ。油断ばかりしている。そのために、うかうかと体の自由を奪われ、幾たびも、あやかしの者どもに好きにされてしまう。そんなことだから、父親の柾に「お前は女だからな」と言われてしまうのである。

夢か現かもさだかではないそこでは、生と死の境界線も、男と女の境界線も、また、あいまいだ。この小説のただならぬ艶やかさは、そうしてあらゆる境界線がせめぎあい、ゆらぐことによって生まれているのではないか。殺気立つような色気は、せめぎあう境界線の別名なのである。けれど、桜蔵は、自らが〈少年〉と〈青年〉、生と死、男と女の境界線そのもののような危うい存在でありながら、あまりにもそのことに無自覚だ。

かたや、父の柾は桜蔵とは比較にならない手練《てだ》れだ。対極にいる人物と言っていい。本妻がありながら「左近」の女将《おかみ》とねんごろになり、桜蔵と千菊を認知し、男同士の色恋にも熟知している。まさに酸いも甘いも、清も濁も受け入れることができる〈大人〉を象徴する存在だ。柾パパは読者の人気も高いと聞くが、それはそうだろう。柾こそが桜蔵にその道の手ほどきをする指南役なのだから。事あるごとにそそのかし、裏から手を回し、何もかもお見通しとくる。

本妻の遠子がまた蠱惑《こわく》的な魅力を持つ女性として描かれている。別宅に足繁《あししげ》く通う柾の態度を責めるでもなく、自らも女そのものであり、女としての魅力を隠そうともしない。このシリーズでは、柾や遠子のような大人の男、大人の女が、実に魅力的に描かれていることも見逃せない。

「少年の春は惜しめども止まらぬものなりければ」というのは白楽天の詩「花を踏んでは同じく惜しむ少年の春」を踏まえた『狭衣物語』の有名な書き出しだが、長野ワールドもまたしかり。かくして〈少年〉の世界では閉じられていた時のベクトルは、本作では限りなく彼方《かなた》へと開かれているのだ。桜蔵は、心ならずも〈少年〉と〈青年〉の一線を越え、あやしく匂い立つ異界へと行きつ戻りつを繰り返す。渡り切ってしまえば、二度とは戻れぬ波打ち際の生と死、夢と現のあわいで、この世で果たせなかった想いや口づけが、花になり、水になって、幾たびも彼の上に降り積もる。こんなにも美しいキタ・セクスアリスをほかにしらない。

長野ワールドのエッセンスを凝縮した作品であると同時に、新たな境地を物語る一作でもある『左近の桜』というシリーズ自体が、長野まゆみという作家の〈これまで〉と〈これから〉の境界線上に咲いた匂い立つ花なのだと思う。

本書は二〇〇八年七月、小社より刊行
した単行本を文庫化したものです。

左《さ》近《こん》の桜《さくら》

長野《ながの》まゆみ

平成23年 7月25日　初版発行
令和7年 5月10日　18版発行

発行者●山下直久

発行●株式会社KADOKAWA
〒102-8177　東京都千代田区富士見2-13-3
電話　0570-002-301（ナビダイヤル）

角川文庫 16932

印刷所●株式会社KADOKAWA
製本所●株式会社KADOKAWA

表紙画●和田三造

ISBN978-4-04-394457-6　C0193

角川文庫発刊に際して

角川源義

第二次世界大戦の敗北は、軍事力の敗北であった以上に、私たちの若い文化力の敗退であった。私たちの文化が戦争に対して如何に無力であり、単なるあだ花に過ぎなかったかを、私たちは身を以て体験し痛感した。西洋近代文化の摂取にとって、明治以後八十年の歳月は決して短かすぎたとは言えない。にもかかわらず、近代文化の伝統を確立し、自由な批判と柔軟な良識に富む文化層として自らを形成することに私たちは失敗して来た。そしてこれは、各層への文化の普及滲透を任務とする出版人の責任でもあった。

一九四五年以来、私たちは再び振出しに戻り、第一歩から踏み出すことを余儀なくされた。これは大きな不幸ではあるが、反面、これまでの混沌・未熟・歪曲の中にあった我が国の文化に秩序と確たる基礎を齎らすためには絶好の機会でもある。角川書店は、このような祖国の文化的危機にあたり、微力をも顧みず再建の礎石たるべき抱負と決意とをもって出発したが、ここに創立以来の念願を果すべく角川文庫を発刊する。これまで刊行されたあらゆる全集叢書文庫類の長所と短所とを検討し、古今東西の不朽の典籍を、良心的編集のもとに、廉価に、そして書架にふさわしい美本として、多くのひとびとに提供しようとする。しかし私たちは徒らに百科全書的な知識のジレッタントを作ることを目的とせず、あくまで祖国の文化に秩序と再建への道を示し、この文庫を角川書店の栄ある事業として、今後永久に継続発展せしめ、学芸と教養との殿堂として大成せんことを期したい。多くの読書子の愛情ある忠言と支持とによって、この希望と抱負とを完遂せしめられんことを願う。

一九四九年五月三日